KB074919

굶주린
마흔의
생존 독서

인생이 변하는
독서일기

굶주린
마흔의
생존 독서

변한다 지음

느린
서재

차례
___

1부 | 숨 쉬듯 독서
_____

프롤로그

"내 작은 자살, 내가 모든 걸 잊고 떠날 수 있게 해주는 작은 우주선."

소설가 수전 손택의 말입니다. 내 안의 죽음이자, 멈춤. 독서로 잠시 지금을 멈추고자 한 제 마음과 너무나 똑같아 놀랍던 때가 있었습니다. 이런 이야기도 있다죠. "독서의 적은 인생 그 자체다. 삶은 질투와 경쟁으로 뒤흔들리고 우리를, 독서를 통한 자기 성찰에서 멀어지게 한다. 그 모래지옥으로부터 도망치기 위해 책을 읽는다."

찰떡같이 착착 입안에 달라붙습니다. 에밀 파게라는 프랑스 비평가의 말이라는데 사실 저에겐 '내 안의 작은 자살'이 더 와닿았어요.

이 책을 쓰던 중 저는 배에 걸리적거리던 낭종을 제거하는 수술을 했고, 이보다도 힘들 수 없다고 단언하는 어느 회사의 4년 임기를 마치며 거의 죽다 살아나왔습니다. 더불어 평생 약사 일을 하신 시어머니의 갑작스러운 소천에 과연 열심히 살아서 뭐가 남을까 하는 흔들리는 마음을 다잡았죠. 그 외에 무척이나 다채롭게 많은 일들이 있었습니다. 그러면 그럴수록 책을 손에서 놓지 않고, 수없이 많은 내 안의 자살들을 시도했습니다.

근 2년 동안 800권 가까이 책을 읽었습니다. 현실과의 질긴 연결고리를 잠시 끊어버리고 처해 있는 시궁창 같은 상황을 뛰어넘고자 할 때마다 수시로 근처 도서관과 서점에 간 덕분이죠. 도착하자마자 헐떡대는 숨을 고릅니다. 빼곡한 책들에서 뿜어 나오는 압도적 기운, 그곳에 절 제압하는 뭔가가 있는 게 분명했습니다. 그런 충만함을 느끼고자 배고픔을 일부러 기다렸을지도 모릅니다.

이 책을 인상 쓰고 심각하게 볼 필요는 전혀 없습니다. 부디 안심하세요. 질겅질겅 먹태를 씹으며 세상 향긋한 과일향 맥주를 홀짝거리면서 슬렁슬렁 봐도 무방합니다. 《쾌락독서》의 저자 문유석이 그랬죠.

"독서란 원래 즐거운 놀이다. 세상에 의무적으로 읽어야 할 책 따위는 없다. 그거 안 읽는다고 큰일 나지 않는다. 그거 읽는다고 안 될 게 되지도 않는다."

아무것도 남아 있지 않은 고갈되고 바닥난 허한 마음을 책으로 차곡차곡 채워넣는 저를 보시고, 이 책을 잡은 여러 분도 일생에서 한 번쯤은 독서에게 소중하고도 즐거운 시간 을 내어주시길… 그 마음이 전해졌음 합니다.

이 좋은 날에, 독서의 세계에 오신 걸 진심으로 환영합 니다.

숨 쉬듯
독서

천 권이면 알게 될까?

김우태, 《소소하게, 독서중독》, 더블:엔

"엄마, 죽고 싶은 순간이 있었어?"

얼마 전 아들의 갑작스러운 질문에 끝내 대답하지 못했다. 놀란 가슴 부여잡고 왜 그런 질문을 하게 되었는지 물었더니 그냥 궁금하단다. 안도의 한숨을 쉬며 "그 질문을 하고 싶었던 너의 마음을 한 번 들여다봐"라고 말해줬다.

그 말은 사실 감정의 시궁창에 빠져 있는 나에게 하고 싶은 말이었다. 언제부터인가 기억조차 나지 않았다. 눈 딱 감아버리고 접시 물에 코 박고 싶었던 절망스러웠던 순간에 대한 기억은 흐려진 지 오래다. 그만큼 내 마음을 절실하게 들여다보지 않았나 보다.

"'나를 아는 것' ' 나와 마주하기' 이게 바로 궁극의 행복을 누릴 수 있는 유일무이한 조건이다. 나를 알게 되면 노상 행복할 수 있다. 나를 알기 위해서는 나와 일치하는 책을 만나면 된다. 운이 좋으면 한 권만에 만날 수 있다. 운이 없으면 1,000권을 읽어야 겨우 만날 수 있다."[ㄴ]

낮에는 양계장 김 씨로, 밤에는 글을 쓰는 김우태의 《소소하게, 독서중독》에 나온 문구다. 좌우명 《책력갱생》의 저자는 한 권이든 천 권이든 책에서 끝끝내 자아를 발견해 보라고 한다. 뚫어져라 보기만 하면 될까. 전제가 필요하다. 다름 아닌 '감수성'.

사전적 의미로 감수성은 외부 세계의 자극을 받아들이고 느끼는 성질이다. 내가 사실이라 믿는 것과 이것에 대한 사람들의 생각에 차이가 있을 수 있다는 인식이 필요하다. 이를 바탕으로 여러 가지 요소를 종합적으로 생각해야 하는 간단하지 않은 능력이다.

사람들은 감수성을 풍부한 감성에서 비롯된 거라고 하는데, 뇌 과학자 정재승은 역지사지의 사고를 경유해 공감에 도달하는 것이라 감수성은 이성의 영역이라고 했다. 감수성은 선천적인 것이 아니라 녹록치 않은 훈련에서 비롯되는 것인가 보다.

그런 의미에서 독서는 현재의 나를 들여다보는 일종의 좌표 찾기와 같다. 책 읽는 동안만이라도 멈춤의 여유를 통해 나와 사람들 생각의 방향을 가늠하고 위치를 찾아볼 수 있는…. 애석하게도 나에겐 절실히 구하고 탐하는 시간이 더 필요한 모양이다.

생각해 보니 45년 가까이 삶이 쉬운 적은 단 한 번도 없었다. 휘청거리는 내 자신을, 질퍽이는 내 주변을, 온전히 두 다리를 땅에 디디려면 공부를 해야 한다. 감수성도 용기도 통찰력도 이를 통해 생기는 법이다. 역시 책을 읽어야겠다. 나에 대해, 너에 대해, 세상에 대해서.

벽돌책 포비아

아비지트 배너지,《힘든 시대를 위한 좋은 경제학》, 생각의힘

'내 서재의 벽돌책을 공개합니다.'

'세계 책의 날'을 맞아 진행한 어느 온라인 서점의 이벤트를 보고 피식 웃음이 났다. 완독하지 못한 책을 공유하고 함께 읽을 수 있도록 돕는 취지라고 하는데 이쯤에서 커밍아웃해야겠다. 벽돌책을 보면 눈부터 스르르 감기고 만다. 그 두께만으로도 이미 콱 질린다. 내 기준, 두꺼운 책은 최소 400페이지 이상이다.

작년 5월, 아비지트 배너지의《힘든 시대를 위한 좋은 경

제학》을 호기롭게 샀다. 세상에! 648페이지… 저자가 2019년 노벨 경제학상 수상자라 할 말이 많았던 모양이다. 노란색 섹시한 표지가 끝까지 읽어달라고 유혹을 했지만 손이 가지 않았다. 책장 한 편에 외로이 있는 모습을 보고만 있기에 마음이 아파, 중고서점에 날름 팔아버렸다.

소곤소곤 이야기를 들려주는 듯한 방식에 취해 책장을 넘기다 보면 절로 고개가 끄덕여지고, 한달음에 읽어 치우게 하는 매력 넘치는 돌연변이들도 있다던데 불행히도 아직 만나지 못했다. 백전백패, 내 무거운 머리는 이미 벽돌 위에 자리 잡고 더 무거운 눈꺼풀은 미동이 전혀 없다.

내 증상에 공감하는 친구들이 많다. SNS 등의 간결한 단문에 익숙해진 탓에 긴 호흡의 문장을 읽기 버겁기 때문이다. 더불어 경쟁력 있는 작가들의 신간을 빠르게 출간하고자 하는 출판사의 다급함까지 더해져 책은 나날이 가벼워지는 중이다.

그러니 두툼한 책을 무리해서라도 곁에 두고 싶은 오기가 자꾸 생긴다. 사람은 사회적 존재고 내 세계는 내가 서 있는 작은 공동체에서 시작되며, 우리는 언제나 내 옆의 존재와 자신의 위치를 확인한다. 잘 들여다보자. 책을 자랑스럽게 진열하고 전시하며 소유하려는 그 마음이 앞서 있는 것을.

그래 이 바보야, 문제는 내 마음의 군더더기야. '지옥으로 가는 길은 수많은 부사로 뒤덮혀 있다'는 스티븐 킹의 말을 되새김질해본다. 내 독서생활에서 군더더기를 제거하자는 굳은 다짐과 함께 영문도 모른 채 내 서재에서 퇴출된 두꺼운 고인들에 애도를 표한다.

PS. 두께가 무색할 정도로 놀라운 가독성을 뽐내는 책이 있다면 추천해 주시길 바란다. 사양하지 않겠습니다.

독서하기 좋은 때

정수복, 《책인시공》, 문학동네
최승필, 《공부머리 독서법》, 책구루
정수복, 《책에 대해 던지는 7가지 질문》, 로도스

"아들도 책 많이 읽죠?"

지금까지 백 번 정도 들은 질문이다. 내가 책을 많이 읽는 듯 보이고 출간까지 했으니 당연한 추론일 것이다. 그러나 땡! 실로폰이 있다면 땡땡 쳐주고 싶다.

내 독서는 첫 회사 입사 이후 시작됐다. 정수복의 《책인시공》에서는 북적거리는 지하철 출근길에 멍하니 수동적으로 있다가 짐이나 먼지가 되어버리는 느낌이 들어 그것을 지우기 위해 책을 읽는다고 했다. 나도 이와 다를 게 없었다. 회사가 지방에 있어 매 주말마다 왕복 여덟 시간 넘게 도로 위에서 보내야 했는데 도통 잠이 오지 않았다. 고민 끝에 찾아낸 게 효과 좋은 수면제, 바로 책이었다. 그러나 나중엔 두근거리는 가슴 때문에 숙면을 취할 수 없었다. 도착 전까지 무슨 책을 완독할까 설레었으니 말이다.

그러고 보니 삼십 대 때 독서기행을 하며 환상의 10여 년을 보냈다. 매주 버스 타고 여행하면서 독서로 유영하는… 그러니 그 엄마의 그 아들이 벌써부터 책을 읽을까. 물론 그때를 조금 먼저 맞이하면 얼마나 좋을까 싶어 시도를 해보지 않은 것은 아니다. 꽤나 집요하게 책을 권해보았다. 손잡고 같이 도서관에도 가보고 독서캠프도 보내려고 했다. 전집을 사놓고 어르고 달래고를 반복했다. 최승필의 《공부머리 독서법》에 밑줄 빡빡 쳐가며 학습만화라도 보는 게 어디냐 위안을 삼을 때도 있었지만 아무튼 현재까지는 실패다.

"엄마가 책을 좋아한다고 해서 나도 꼭 그래야 한다는 법은 없잖아. 내가 읽고 싶은 것 위주로 볼게."

중학생이 되어서도 만화책들을 가져오는데 가슴이 쿵, 실망 가득. 정수복의 《책에 대해 던지는 7가지 질문》에 나오는 아래 문장에서 숨을 골랐다.

엄마가 아이와 함께 책을 읽고 공감을 나누는 일 또한 소중하지만 결국 독서의 주체는 아이 자신이어야 한다. 그러니 아이들을 너무 들볶지 말고 혼자 있을 시간을 허하라. 집에서 혼자 심심할 때 아이들은 이 생각 저 생각을 하기도 하고 집 안을 두리번거리다가 책장에 있는 책을 꺼내 들기도 할 것이다. 그렇게 해서 읽기 시작한 책에서 흥미를 느끼는 경험을 했을 때 아이는 진정 독서의 기쁨을 알게 될 것이다.[2]

억지춘향에는 나도 알레르기 반응이 일어나는데 아이에게 함부로 책을 권하다니. 빠른 포기, 고집 피우지 않기, 지켜보기… 아이에게 투영된 내 욕망을 덜어내자. 아이의 숨어 있는 기량을 찾아주고 살려주기 위해서 묵묵히 도와주는 게 내 역할이다. 책 읽으라고 종종거리며 조바심 내지 말자. 이젠 당당하게 이야기하련다.

"아이에게 독서하기 좋은 때는 아직 오지 않았나 봐요."

카르페 디엠, 심장 쫄깃한 독서

이권우, 《책읽기의 달인, 호모 부커스》, 오도스
사사키 아타루, 《잘라라, 기도하는 그 손을》, 자음과모음

매일 새벽 한 시간 남짓 책을 읽는다. 250페이지 정도의 가벼운 에세이는 완독 가능하다. 언제부터인가 다 읽지 못하면 숨이 막힐 것 같은 압박감도 느낀다. 심호흡 여러 번, 널뛰는 가슴을 찬찬히 어루만지기까지 한다. 희한하게도 뭔가 쫓기는 듯한 조급함이 생기는 건 왜일까. 마치 전투적으로, 책으로 세상과 맞선 사람처럼 오늘도 분주했다.

이런 나를 낯설게 여길 수 있지만 사실 전투적 읽기를 무척 즐긴다. 이유를 굳이 찾자면 일정 시간이 지나면 스르르

녹아버리는 아이스크림처럼 유유히 일상이 흐르는 게 심심하기 때문이다. 또렷하게 정신이 깨어 있는 시간 중 한 시간 정도는 정중동, 삶에 거칠고 강하게 물장구 한바탕 치고 싶다. 마치 중2병을 심히 앓는 사춘기 소녀처럼.

이권우의 《책읽기의 달인, 호모 부커스》에서는 게릴라 전투 중에도 책을 절대 손에서 놓지 않았다는 체 게바라의 예를 든다. 책읽기는 기본적으로 새로운 것을 꿈꾸는 '혁명'이라고 했다. 호모 부커스 한 명 한 명이 모두 혁명가라고 말한다.

책읽기는 기본적으로 혁명이다. 지금 이곳의 삶에 만족한다면 새로운 것을 꿈꿀리 없다. 꿈꿀 권리를 외치지 않는 자가 책을 읽을 리가 없다. 나를 바꾸려 책을 읽는다. 애벌레에서 탈피해 나비가 되려 책을 읽지 않는다. 세상을 바꾸려 책을 읽는다. 우리의 삶을 억압하는 체제를 부수고 새로운 공동체를 이루려 책을 읽는다. 그러하길래 책읽기는 불온한 것이다. 지배적인 것, 압도적인 것, 유일한 것, 의심받지 않는 것을 희롱하고, 조롱하고 딴죽 걸고, 똥침 놓는 것이다. 변신을 꿈꾸는가. 그렇다면 책을 읽어야 한다. 다른 세상을 상상하

고픈가. 그렇다면 책을 읽어야 한다. [3]

    슬로 리딩 애찬론자들은 바쁜 생활에서 '쉼표' 같은 게으른 독서를 하라고 말한다. 게걸스럽게 책을 탐닉하고 빨리 읽어야 하는 강박에서 벗어나라고. 그런데 섬광처럼 빠르게 변하는 혼돈의 세상 속에서 매일 책읽기로 변신과 변화를 꾀하고, 전복을 꿈꾸는 자들에겐 긴장감을 동반한 속도 또한 중요한 이슈다.

    흔히 책을 '사고의 기계'라고 하는데, 기계 작동을 위해선 자신만의 속도를 찾아야 하고, 이에 맞는 조절과 적용은 필수다. 여기엔 단서가 붙는다. 집중! 그래야만 문맥을 이해하고, 내용을 파악하며, 의미를 추론할 수 있다. 결국 슬로든 퀵이든 집중력을 바탕으로 '읽기'한 자가 스스로 책 읽기의 주인이 된다. 문득 책과 혁명에 관한 닷새 밤의 기록을 적은 사사키 아타루의 《잘라라, 기도하는 그 손을》, 책 제목의 모티브를 제공한 파울 첼란의 〈빛의 강박〉 시구가 생각난다.

    잘라라, 기도하는 그 손을
    하늘에서 허공에서

눈의 가위로

그 손가락을 잘라라.

너의 입맞춤으로

이렇게 접혀진 것이 숨을 삼키는 모습으로 나타난다 [4]

'이렇게 접혀진 것'은 바로 '책'을 뜻하고, 세상을 변화시킬 수 있다고 이야기하는 것은 '눈의 가위', '너의 입맞춤' 같은 직접적인 행위를 의미한다. 그래서 빠르게 읽다가 숨을 참고 중요한 부분을 고이 접어본다. 이에 보태 고대 로마 시인 호라티우스가 말한 '카르페 디엠 Carpe diem'을 조용히 외친다. 오늘이 지난 내일은 믿지 않을 테니 당장 책과의 격렬한 전쟁을 온전히 즐기겠다고 다짐하면서 말이다.

窓, 독서의 효용

김인태, 《재밌으면 그걸로 충분해》, 상상출판

김이섭, 《인생의 답은 내 안에 있다》, 미디어숲

"사람의 다양한 면모가 주사위처럼 여섯 개가 있다고 가정하면 각각의 관계마다 보여줄 수 있는 면이 다르다는 것." [5]

남극에 다녀온 90년대생 작가 김인태의 《재밌으면 그걸로 충분해》에 일명 '주사위론' 이야기가 나오는데 눈이 번쩍였다. 남이 모르는 내가 있다면 내가 모르는 남도 있는 법, 그러니 나는 어떤 사람이고 너는 어떤 사람이라는 틀에 가둬 생각하는 오류를 범하지 말자는 이야기이다. 이는 나와 타인의 관계에서 자신이 어떤 상태인지 분석하기 위한 프레임워크, 조하리의 '창'과 비슷한 개념이다. 똑같은 세상이라 할지라도 우리가 어떤 프레임을 가지고 세상을 바라보는가에 따라 세상은 달리 보인다.

한 가지 예를 들어보자. 언젠가 30년 된 나무를 관공서에서 베어버린 일이 있었다. 그 일이 기사화되자 '가로수 학살', '가로수 실종사건의 전말'이니 하는 소란이 있었다. 알고 보면 인도에 가로수가 지그재그로 심어져 있어 보행자들이 불편했고, 나무의 크기와 높이 때문에 이식의 어려움이 있어 자를 수밖에 없었다는 사실은 가려졌다. 기사를 읽는 사람들 눈에 띄어야 하는 건 오직 '오래된 나무의 불쌍한 종말'인 것이었다.

독서를 통해 단편적인 시선을 경계하고 다잡으려 애쓰는 건, 바로 이 지점이다. 책을 통해 나를 넘어 바라보는 아웃워드 마인드셋이 가능하다! 즉 다양한 책을 통해 여러 사람의 관점을 접할 수도 있다. 그리고 그들이 정말 원하는 것이 무엇인지 관심을 갖게 된다. 즉 내 시각을 내부에서 외부로 돌려볼 수 있으니 자신에 대한 신념을 넘어 세계관으로 확장할 수도 있다. 찰리 채플린도 이렇게 말하지 않았던가. "인생은 가까이에서 보면 비극이지만 멀리서 보면 희극이다." "내가 그의 이름을 불러주었을 때 그는 나에게로 와서 꽃이 되었다"의 '꽃'에서 본 대상에 대한 의미 있는 관찰 등 덧붙일 말은 수두룩하다.

들어가 보지 않고 겪지 않고 함부로 말할 수 있는 게 뭐가 있을까. 요즘 질풍노도의 격변기를 겪고 있는 중학생 아들을 보며 내 속으로 낳은 자식의 마음 속 한켠도 제대로 읽어내지 못하면서 무엇을 말할 수 있을까 하는 생각이 든다. 결국 우리는 만물 가운데 하나일 뿐이다. 내 중심에서 한 발 물러서서 곁에서 바라본다면, 그 시선으로 다른 어두운 자리를 비출 수만 있다면 이 또한 즐겁고 의미 있는 일 아닌가.

김이섭의《인생의 답은 내 안에 있다》에 기가 막힌 문구가 있다.

인생의 가나다(가리다, 나누다, 다르다)**는 시비를 거는 게 아니라 시비를 '가리다'. 네 것과 내 것으로 나누는 게 아니라 함께 '나누다', 차별하는 것이 아니라 차이를 만들어내는 '다르다'.** [6]

왜 내 주위에는 사사로운 시비를 거는 사람들이 많을까. 인간관계는 참 어렵고 분주하다.

"뭔 책을 이리도 많이 읽어?" 갸우뚱하며 독서의 효용에 의심을 품는 분들께 '窓'이라고 짧고 굵게 대답하련다. 그대가 앉은 자리에서 멀리, 깊게, 구석구석, 요모조모 볼 수 있는 이것이 독서가 주는 위대한 힘! 그걸 꼭 느껴보시기를.

희망을 위한 실험, 독서

댄토 마슬로,《조금 멀리서 마음의 안부를 묻다》, 밀리언서재

윤성근,《동네 헌책방에서 이반 일리치를 읽다》, 산지니

"만약 신께서 당신에게 한 가지 능력을 주신다면, 어떤 능력을 받고 싶습니까?" 기자의 이 질문에 빌 게이츠는 "책을 빨리 읽는 능력을 주셨으면 좋겠어요"라고 대답했다. 그러나 내가 원하는 건 딱 하나다.

"오해 없이 온전히 희망을 받아들일 능력을 주세요."

댄토 마슬로의 《조금 멀리서 마음의 안부를 묻다》에서 희망에 관한 몇 가지 보편적 오해 중 '희망은 그 자체로 긍정적인 감정'이란 말을 짚었다. 희망은 부정적 감정이나 불확

실성이 있어야지 비로소 긍정적인 감정으로 나타난다고 한다. 희망이 제대로 크기 위해선 돌부리 같은 걸림돌이 있어야 하고 뒷목 잡는 좌절이나, 부르르 떨며 책상을 꽝 치는 실망감도 있어야 한다.

맞다. 희망을 가진다는 건 어떤 것으로 인해 혹은 어떤 사람이 나를 언젠가 구하러 올 거라는 현실감 없는 희망 고문이 아니라 내가 긍정적 미래를 만들 수 있다는 단단한 믿음에서 비롯된다. 그저 입 벌리고 희망을 쉽게 먹을 생각을 한다면 그건 욕심이다. 나 스스로 부딪혀 작은 성공부터 챙기는 것이 진정한 시작이다.

윤성근의 《동네 헌책방에서 이반 일리치를 읽다》에서 각자의 삶이란 더 나은 삶을 살기 위한 '실험'이라는 말에 무척 공감했다. 저자는 사회운동가가 아니기 때문에 앞에 나서서 이 사회를 어떻게 고쳐야 할지 이론을 제시하거나 설계하는 일에는 관심이 없다고 말한다. 그건 본인의 역량 밖이라고 한다. 다만 스스로를 실험 대상으로 놓고 이것저것 해볼 수는 있다고 한다. 이건 재미와 흥미 때문이 아니라, 본연의 위치에서 더 나은 인생을 살기 위한 첫 걸음이라고 말한다.

"각자의 위치에서 더 나은 삶을 살기 위한 실험을 해보아야 한다고 믿는다. (중략) 우리들은 모두 다 자기만의 잠재력을 가지고 있는 우주이다."[7]

그런 의미에서 독서는 내게 희망과 꿈을 주는 일종의 실험이다. 바쁜 시간을 쪼개어 기어이 책을 펼쳐 드는 것도 결국 이 책이 나에게 어떤 희망을 줄지 그 일말의 기대감 때문 아니겠는가. 지금 내 눈길이 가 있는 책이 내게 어떤 의미를 주는지, 편견 없이 올곧이 모든 걸 받아들일 수 있는 말랑말랑한 상태인지, 나를 돌아본다. 이해하기 어렵다면 조금만 기운 내 더 읽어보자. 그게 안 되면 그때 손들고 다른 책으로 갈아탈 여유 또한 있는지. 실패해도 좋다. 그 또한 아직은 옅은 희망이므로.

대단한 정책이나 사람을 통해 구성원 모두가 만족스럽고 충만한 삶을 사는 시대는 사라졌다. 우리는 각자 다른 소우주이며 저마다의 방식으로 각자의 속도를 가지고 리듬을 타며 살아가고 있다. 더군다나 먹고사니즘에서 더 나아가 나와 우리 자신의 쓰임에 대해 목적이 명료하다면, 희망을 위한 우리의 독서는 분명 의미 있을 것이라고 생각한다.

이렇게만 더불어 산다면 좋은 실험과 기회, 경험들이 모인 희망이 샘솟는 공동체가 되지 않을까. 나의 독서는 계속되어야 한다. 부디 선입견 없이 희망을 받아들일 수 있는 능력이 생기기를 바라본다.

읽기와 쓰기 사이

정혜윤, 《삶을 바꾸는 책 읽기》, 민음사

전 직장에서 수년을 함께한 그녀, 밝고 수다스러운 사람이다. 그녀의 말하기에는 특색이 있는데 본인이 주어가 아니라 온통 남의 이야기가 주어이다. 궁금해하지도 묻지도 않았던 걸 듣다 보면 이런 생각이 들었다. 난 왜 여기에 있나. 아직도 그녀가 남의 말을 하고 사는지 가끔은 궁금하다.

듣고 있는 내 시간도 아깝지만, 그녀의 시간과 에너지도 마찬가지로 아깝다. 남에게 온종일 집중하면 나 자신을 들여다볼 시간이 통 없다. 나의 발전 가능성은 나 몰라라 될 수밖에 없다. 가만 보자. 독서는 말이 아닌 작가의 글을 통해 사상을 들여다보는 것이다. 그래서 남의 글 '읽기'를 통한 앎으로만 끝낼 수 없어 시작했다. 독서 후 '글쓰기'를.

《삶을 바꾸는 책 읽기》의 저자 정혜윤은 책과 삶은 무척 닮아 있고 책에서만 삶을 읽는 것은 일방향의 독서밖에 되지 못하며, 우리 삶을 돌아봐야만 우리가 책을 읽어야 하는 이유를 잊지 않을 수 있다고 했다. 즉 우리는 더 잘 살기 위해 책을 읽고, 우리가 사는 모습은 또 책이 되며, 우리가 읽는 책은 나의 삶이고, 타인의 삶이라 했다. 책 읽기가 삶을 바꿀 수 있다 말하는 넘사벽의 저자와 비교가 될까 싶지만 나는야 최대한의 나를 꿈꾸고 희망하기 위해 독서하고 글을 쓴다. 무라카미 하루키는 글쓰기를 굴튀김에 비유했는데, 작가 은유역시 부엌에서 튀김을 올리는 마음으로 꾸준히 글을 쓰라고 권유한다.

입 속에 넣으면 바삭거리는 튀김옷을 뚫고 나오는 풍부하고 짙은 향미는 어디서 오는 걸까? 아마도 각성 상태로 읽고 쓰는 데 단련된 능력에서 오는 게 아닐까 싶다. '각성'의 사전적 의미는 깨어 정신을 차리거나 깨달아 앎을 뜻한다. 이렇게 쓰는 글은 나를 돌아보고 비춰보는 자아성찰 과정 속에서 나오는 크고 작은 결과물일 것이다.

　'쓰긴 뭘 써?'라고 자문자답할 때도 있다. 읽은 게 별로 없다고 투덜거리기도 하지만, 그렇다면 양이 대수일까. 적은 양이라도 읽고 생각하고 느끼기만 한다면 글쓰기는 어려운 일이 아니다. 그런 의미에서 글쓰기는 자판기의 음료와 같다. 신문이든 책이든 읽기란 버튼을 누르면 글쓰기란 음료가 나온다. 예전부터 막힘이 없는 시원한 글을 보면 훔치고 싶었다. 그런 글은 내가 좋아하는 닥터페퍼와 같다. 코끝이 알싸한 시나몬 향이 나고 달콤하고 톡 쏘는 청량감까지 있다.

　이 매력적인 향미에는 읽고 쓸 때의 고독과 절규와 희열도 함께 있을 것이다. 부디 목구멍을 타고 꿀떡꿀떡 넘어가는 책을 죽기 전에 써보고 싶다.

　연암 박지원의 말에서 강한 동력을 얻어본다.

"중요한 것은 자신의 글을 써야 한다는 사실이다. 본인이 직접 귀로 듣고 눈으로 본 것을 곡진히 드러내야 한다. 문자의 도가 그러하다."

괜찮아, 네가 좋다면

리처드 리브스, 《20 VS 80의 사회》, 민음사

조정훈, 《대치동》, 사계절

요즘 '부모 찬스'에 대한 이야기가 자주 들린다. 노조의 고용세습이라든지, 유력인의 자녀들이 엄마, 아빠를 통해 호화로운 스펙을 쌓고 입시나 채용 때 일종의 도움받기를 하는 것, 같은 일이다. 자녀의 입신양명에 득이 된다면 물고기를 낚듯 어떻게든 연결해주고, 좋은 기회를 주고픈 부모의 애절한 마음이야 심정적으로 모르는 바는 아니다. 그것을 원천봉쇄할 수 없다는 것을 잘 안다. 그 고민은 어디에 가도 똑같은 것 같다. 오죽하면 프랑스에서는 부모마다 숙제를 도와줄 수 있는 역량이 다르다는 이유로 초등학생에게 숙제 내주는 것을 금지하기도 했다.

문제는 남한테 피해를 주는 지점에 있다. 기회의 사재기, 부모가 자기 아이에게 불공정하게 이득을 주면서 다른 아이들의 기회를 빼앗는 것은 다른 문제다. 리처드 리브스의 《20 VS 80의 사회》에서 전하는 메시지는 시사하는 바가 크다.

부모가 아이를 돕기 위해 노력하는 것에 대해 어디에 선을 그어야 할까? 이 질문에 대해 내가 이제껏 본 것 중 철학적으로 가장 훌륭한 답은 스위프트와 브리그하우스가 제시한 설명이다. 그들에 따르면, 부모는 아이가 잘 살아가도록 도울 수 있는 것은 무엇이든 할 권리를 갖지만 아이에게 '경쟁 우위'를 부여하기 위해 무언가를 할 권리는 없다.[8]

저자는 작은 양보가 모여 사회를 바꿀 수 있다고 했다. 맥없는 착한 소리에 머리가 갸우뚱, 도통 모르겠다. 그 작은 양보조차 나의 손해로 이어진다는 조급함 때문에 사회가 갑자기 순하게 바뀔 희망은 없어 보인다. 오늘을 이해해 보려 어제를 살피는 과정에서 나를 되짚어본다. 내 할아버지, 내 아

버지에게도 '부모 찬스'가 있었을까

술 한 잔 따를 때 한 방울이라도 흘리면 아까워하셨던 내 할아버지. 그 기억만큼이나 강렬했던 건 손주들을 앉혀놓고 하셨던 '아는 것이 힘' 그 한마디였다. 그도 그럴 것이 공사 직원의 팍팍한 월급에도 8남매를 의대, 약대, 경영대까지 번듯한 대학에 보냈고 그것을 자랑으로 70년 넘게 버티셨으니, 그에게 교육은 삶의 자부심 그 자체였을 것이다.

나의 아버지는 달랐다. '남들 이목이 뭔 대수냐, 네가 잘 할 수 있는 걸 찾아라.' 덕분에 남과 비교 당할 틈이 없었다. 부모님은 어차피 사회에 나가면 다 경쟁인데, 안온해야 하는 집에서부터 지치게 할 필요 있냐는 유연한 사고를 지니고 계셨다. 그러나 한 대 걸러서 유전일까?

나는 원하고 바랐다. 내가 뒤늦게 책을 즐기니 아들도 제발 많이 읽어주기를⋯. 사람 마음 참 갈대같은 게, 오전에 아이 담임과 전화 상담을 했는데 반가운 소리에 기분이 한결 나아진다. "이 친구는 완전 이과형이랍니다. 학습만화 아직 보죠? 그냥 두세요."

어떤 이는 아이에게 무엇이 결여됐는지 보지 말고 아이에게 무엇이 있는지 찾아내는 것이 부모의 역할이라고 했다.

팔랑거리는 마음을 다잡는다. 부족함을 찾아 채우려 하기 보
단 모든 가능성에 마음을 열고 집중하자. 선생님과의 전화를
끊고 온라인 중고매장에서 신나게 학습만화를 장바구니에
담는다. 이번 주말에 아들이 서바이벌 만화 과학상식을 볼
때 조정훈의 《대치동》을 읽어야겠다.

그러든지 말든지 쩡한 책이 필요하다

최현미, 《사소한 기쁨》, 현암사
시라토리 하루히코, 《지성만이 무기다》, 비즈니스북스
양희은, 《그러라 그래》, 김영사

    친·외할아버지 두 분 다 고향이 황해도 사리원이다. 임
진각에서 고향을 바라봤던 외할아버지의 처연한 모습이 아
직도 기억난다. 실향민의 손녀 태생은 정녕 속일 수 없는 걸
까. 나는야 냉면 마니아, 슴슴한 평양냉면을 좋아한다. 대학
시절, 알바에 찌들어 있을 때 냉면으로 자주 구원받곤 했었
다. 혼자 자리를 잡고 앉아서 무절임 오독오독, 냉면 육수까
지 리필해 먹곤 했다.
    북한에서는 맛있는 걸 먹을 때 '쩡하다'는 표현을 쓴다.

책은 찡한 냉면과도 같다. 덮고 나면 찡한 기분이 쑥 올라오는 책이 진짜다. 지난 주말이 그랬다. 얼마 전부터 어떤 이가 업무 외적으로 홍보메시지에 대해 계속 내 의견을 묻는데 주말에 최고로 시달렸다. 일일이 대답을 해주었건만 핵심관계자에게 전달도, 관철도 안 되었다는 소식이 전해져 허탈하기 이를 때 없었다.

나는 왜 이 아까운 시간에 되지도 않는 쓸데없는 조언을 하며 에너지와 시간을 낭비했을까. 화가 치밀었다. 가만히 들여다보니 그 화는 인정받지 못한 안타까운 내 자신을 가엾이 여김에서 오는 거였다. 불안감을 느끼면 자꾸만 그런 감정들이 우리 의식 경계를 넘보고 침범한다. 그러면 집중력을 잃을 수밖에 없다.

추해지기 전에 정신줄 부여잡는 방법이 있다. 조급함을 한두 스푼 버리고, 소소한 목표를 가지고 차분히 책을 읽으면 된다. 정신줄을 붙잡고 이틀에 걸쳐 새벽을 반납하고 최현미의 《사소한 기쁨》을 포함한 여러 책에 정신을 쏟았다. 그리고 서서히 원 상태로 회복해 돌아왔다. 찡한 냉면 여러 그릇을 허한 내 속에 들이부은 느낌이었지만 그만한 값어치가 충분히 있었다.

시라토리 하루히코는 《지성만이 무기다》에서 니힐리즘
즉 자기 자신의 의미와 가치를 찾지 않아 생기는 이 증상을
타개할 방법을 독서로 보았다. 책을 읽는다는 건 활자 그대
로를 곧이곧대로 다 받아들이는 것이 아니라 그 속에서 어떤
의미나 가치를 헤아리는 적극적인 행위이기 때문이다.

이를테면 현대의 자본주의적인 지식에서는 경제적 유용
성에 합당하다면 가치가 높은 것으로 여긴다. 다음으로 가치
를 부여하는 것은 사회적 유용성이다. 가치의 히에라르키 Hi-
erarchie(피라미드 꼴의 계급 지배 제도. 상하 관계가 엄한 조직이나 질서를 가리키
는 독일어)에서는 경제성이 늘 우선시된다. 이처럼 가치에 등급
을 매기는 상황은 간단히 니힐리즘을 만든다. 이 경우로 말하
자면 경제성과 관계없는 사고방식이나 행동에서는 가치를
찾아낼 수 없다. 현실 앞에서 돈벌이로 연결되지 않는 행동이
나 생각은 무가치한 것으로 여기기 때문이다. (중략) 의미나
가치는 누군가가 부여하는 게 아니다. 자신이 거기에서 의미
나 가치를 찾아내지 않으면 주변에서 아무리 좋다한들 그 어
떤 의미와 가치도 갖지 못한다. 그런 식으로 자신이 의미와
가치를 부여할 수 있는 삶을 살아가면 니힐리즘에 빠지지 않

는다. 니힐리즘에 빠지는 것은 누군가로부터 무엇인가를 부여받고, 그 무엇인가의 의미와 가치에 대한 설명을 들은 다음 그것을 믿고 살아가려고 하거나 그렇게 하지 않으면 살아갈 수 없는 상태를 말한다.[9]

어떤 이는 사람의 일생에 멋진 날이 둘 있는데 하나는 태어나는 날이고, 다른 하나는 의미를 깨닫는 날이라고 했다. 어떤 요구에 주로 예스라 말하고 대응하는 수동적 삶에서 벗어나, 내 안의 자발성과 의욕을 꺼내보자. 진정한 동기부여는 외부에서 주어지지 않으니까.

돌이켜보면 처음부터 들어줄 필요가 없는 요청이었는지도 모른다. 그러니 후회는 하지 말자. 헛헛한 결과에 집착하지 말자. 혹독한 자기 채점 따윈 개나 줘버리고 허심탄회한 마음으로 책과 마주하자. 시간이 존재하지 않는 듯 생각하고 열중하자. 그렇게 되면 급한 마음과 심리적 절박감은 슬며시 사라진다.

문득 양희은의 《그러라 그래》에서 냉면에 빗댄 문구가 맴돈다.

사람도 냉면과 똑같다는 생각이다. 냉면도 먹어 봐야 맛을 알듯, 사람도 세월을 같이 보내며 더 깊이 알아가게 된다. 꾸밈없고 기본이 탄탄한 담백한 냉면 같은 사람이 분명 있다. 자기를 있는 그대로 보여주는 솔직한 사람, 어떤 경우에도 음색을 변조하지 않는 사람, 그런 심지 깊은 아름다운 사람. 함께 살아갈 친구들도 냉면처럼 단순하게 꾸려가고 싶다. 이 사람 저 사람 필요 없이 나를 알아주고, 마음 붙이고 살 수 있는 누군가가 있다면 한 명이라도 좋다. 고명 하나 없는 냉면처럼 나의 일상도 군더더기는 털어내고 담백하고 필수적인 요점에만 집중하고 싶다.[10]

책에도 없는 이야기

케이티 마튼, 《메르켈 리더십》, 모비딕북스

세계적인 혁신 대학, 미네르바 스쿨의 교육 모델을 국내에 적용하여 주목받고 있는 태재대학에 입학 문의가 쇄도한다는 기사를 봤다. 이 대학에서 입학생을 선발할 때 중점적으로 보는 게 잠재력과 리더로서 세상을 보는 눈, 리더십이라고 한다.

10년도 전에, 그때부터였다. 대리에서 과장으로 승진할 때 주위 사람들을 다 제치고 오직 나만 반짝반짝 빛나고 싶단 욕망이 얼마나 나를 불편하게 만들던지. 또한 내 정신을 한없이 갉아먹는지…. 참 피곤하고 소모적이었다는 걸 뼈저리게 알게 되었다. 이후 다른 사람들과 함께할 수 있는 리더십에 관심을 가지고 관련 책을 읽기 시작했다.

제일 도움이 되지 않았던 건 세상물정 모르는 동화처럼 따뜻한 이야기였다. 리더라면 후배들에게 하나하나 다 알려주고 섬기라는…. 직접 궂은일까지 도맡는 게 다정한 섬김의 리더십이라고? 솔직히 미련한 게 아닌가 하고 생각했다. 촌각을 다투는데 그럴 정신이나 여유가 어디 있을까.

누구나 섬김을 받고 싶어 하지 대접하는 주체는 되고 싶지 않아 한다. 더군다나 업무가 주로 지시고 결정인 리더라면 말이다. 그럼에도 불구하고 '섬김의 리더'가 왜 필요한지 분명한 논리가 필요할 거 같다. 범법자가 된 전직 대통령 미스터 리도 정권 내내 서번트 리더십을 강조했었다. 진짜 섬김의 리더십은 무엇일까.

리더십의 본질은 리더가 가진 본연의 자질이라기보단 피터 드러커가 말했듯 일과 책임에서 비롯된다. 그러나 그런 리더가 성공하고 빛을 보느냐? 그것도 아니다. 무슨 일이 생길 때는 가차 없이 아래 직원들로 땜질하고 메우고, 빛나고 싶을 때마다 얼굴만 들이미는 사람들은 정치판이나 조직이나 그 어디에나 있다.

자격 미달인 사람이 어떻게 리더가 될까. 예전에 참 많이 묻고 따졌고 그 해답을 찾으려 이 책 저 책 뒤지기도 했다. 내가 본 책에서는 그 해답을 찾을 수 없었다. 이젠 이골이 나 속 끓이거나 당황조차 하지 않게 되었다. '일생의 운을 모조리 다 쓰셨군요.' 그렇게 마음먹는 게 만사 편하다.

똑똑하면서 리더의 자격이 있는 사람들이 간혹 있긴 하다. 그런데 그들이 실패하는 경우는 자질 부족보단 디테일의 차이에 있는 것 같다. 리더십은 타고난 역량뿐만 아니라 그동안 갈고 닦아 장착된 스킬에서 기반이 되기 때문에 세세히 이해하고 설득하는 기술과 사람을 가릴 줄 아는 안목을 가지고 있지 않다면 리더로 성공하지 못할 확률이 높다. 그렇게 한 끗 차이로 갈리게 되어 있다. 사람은 본디 그 나물에 그 밥, 별반 다른 게 없다.

권력 그 자체는 나쁜 것이 아니다. 권력은 필요하다. 권력은 만드는 것이다. [11]

독일 총리였던 메르켈에게 권력은 무언가를 할 수 있게

하는 적절한 도구이고 리더십인 것, 그래도 모르겠다. 이참에 합의에 이르는 힘이 적혀 있는 케이티 마튼의《메르켈 리더십》을 다시 들여다봐야겠다.

비움의 독서

엄기호, 《고통은 나눌 수 있는가》, 나무연필
김재식, 《좋은 사람에게만 좋은 사람이면 돼》, 위즈덤하우스

평생 흘릴 눈물의 절반 이상을 따뜻한 남쪽의 어느 도시 체류 시절에 모조리 쏟아내었다. 더 이상 눈가의 물기조차 남아 있지 않은 나에게 요즘 이상반응이 하나 있다. 고통이 고스란히 전해지는 책이나 영상, 뉴스를 보면 주르륵 뚝뚝 하염없이 눈물이 난다.

엄기호의 《고통은 나눌 수 있는가》를 보면 당사자가 자신의 고통에 관해 말하기 위해서는 그 위치에서 빠져 나와야 한다고 한다. 즉 고통을 느끼는 당사자가 그 속에서 말을 하

는 게 아니라 분리돼 곁에 서는 것, 그것이 당사자가 자신의 고통에 관해 말을 할 수 있는 자리가 된다는 것이다.

고통은 동행을 모른다. 동행은 그 곁을 지키는 이의 곁에서 이뤄진다. 그러므로 고통을 겪는 이가 자기 고통의 곁에 서게 될 때 비로소 그 곁에 선 이의 위치는 고통의 곁의 곁이된다. 이렇게 고통의 곁에서 그 곁의 곁이 되는 것, 그것이 고통의 곁을 지킨 이의 가장 큰 기쁨이다. 그렇게 되었을 때 비로소 고통의 곁에 선 이는 고통을 겪는 이와 이야기를 나눌수 있게 된다. 반대로 말하면 고통의 곁을 지키는 이에게 곁이 있을 때, 그 곁을 지키는 이는 이 기약 없는 희망을 포기하지 않을 수 있다. 관건은 고통의 곁, 그 곁에 곁을 구축하는것이다. [12]

고통을 느끼는 자가 고통과 본인을 분리하는 건 여간 어려운 일이 아니다. 곁을 내주는 것이나 공감과 위로도 마찬가지이다. 그럼 내가 흘리는 눈물은 이 모든 것들이 완벽하게 맞물려 실행된 결과물인가 되돌아보게 된다. 사실 내가생각하는 고통은 찰나가 아니고 '늘'이다. 그래서 혼란만 겪

다가 생을 마감한다는 염세주의적 생각에 무척 가깝다. 정도
의 차이는 있다. 고통 속에 있다가 잠시 한 줄기 빛도 만나고
섬광처럼 스치는 사랑도, 실낱같은 희망도 있을 거다. 오늘
도 그랬다. 이른 아침부터 분주한 하루, 숨을 돌리며 잔뜩 기
대했던 어떤 홍보물을 훑어보니 기승전결이 맞지 않아 멘트
폭격을 날리다 문득 드는 생각, 아뿔싸 또 나쁜 사람이 되어
버렸다.

　내가 속한 조직엔 좋은 사람이 되고 싶은 사람들이 유독
많았던지라 나는 일찌감치 배드 걸이 되었다. 정확히 말해서
타인에게 직접적인 고통을 전하는 사람이 되어버렸다. 그걸
알게 된 나 역시 고통을 느낀다. 그러나 분명한 건 이젠 억울
하지 않다. 애초부터 나는 좋은 게 좋은 것이 아닌 사람이기
에 진작에 좋은 사람인 척하는 걸 포기했다. 갑자기 생각나
는 책은 다름 아닌 김재식의 《좋은 사람에게만 좋은 사람이
면 돼》이다.

　나는 이 제목을 '나한테는 '나' 그 자체로 된다'로 해석한
다. '나에게 좋은 사람이면 돼' 살아가면서 좋은 사람인 척 해
서 힘겹게 가지는 좋은 이미지보다 중요한 건 '나를 잃지 않
는 것'. 나름대로 최대한 내가 전해야 하는 고통을 이해하려

고 노력하며, 타인에게 전하는 게 비록 고통일지라도 그게 정당하다면 불필요한 죄책감은 갖지 않으려 한다. 그럼에도 불구하고, 남아 있는 꿉꿉한 감정을 마주할 때마다 '사는 게 고통'이라는 기가 막힌 이야기가 담긴 쇼펜하우어의 책을 읽으며 비워낸다.

고통으로 인해 내 삶의 방향과 좌표를 잃고 무료함이나 권태에 빠지진 말자. 복잡하고 도돌이 되는 감정 속에서도 기운을 주고 목적의식을 되살려주는, 문득 떠오르는 '이유'라는 두 글자. 나만의 '왜'가 있어야 한층 간결해지고 선명해진다. 적어도 내가 하는 모든 일이나 행위에서 말이다.

오늘도 수고 많았다. 독서로, 걷기로 잔여 감정을 게워내자. 상쾌한 주말을 맞이하기 위해.

휘게를 찾아가는 여정 속 독서

엘렌 코트, 〈초심자를 위한 조언〉

어느 영화배우의 갑작스런 죽음으로 인해 또다시 인생무상을 느낀다. 사람의 삶이란 영원하지도 불멸하지도 않다. 바람처럼 왔다가 바람처럼 스러지는 바람 같은 인생에서 구멍 숭숭 뚫린 가슴을 부여잡고 포근하게 감싸줄 담요 같은 휘게가 필요하다. 따뜻함, 안락함을 의미하는 덴마크와 노르웨이의 '휘게'.

어떤 이는 휘게를 위해 책장 정리를 한다던데, 내 조그마한 책장에 마구잡이로 꽂혀 있는 책들을 정리하고, 중고책방에 갈 녀석들을 모은 뒤, 새로운 책을 만날 설레는 마음에 집을 나섰다. 그날은 부처님 오신 날이었는데, 사정이 생긴 동료를 대신해 풀타임 근무를 소화했다. 지친 몸을 끌고 집에 오기 아쉬워, 포근하고 진한 책 향기를 맡아보려고 집 근처 서점에 들렀다. 근데 민폐를 끼쳤다. 사람들 모두 눈에 불을 켜고 책에 레이저 쏘고 있는 열독의 현장에서 얼굴을 책에 파묻고 바로 잠이 들어버렸다. 30분쯤 후 하도 어깨가 결려서 깼다. 졌다. 내 고단함에.

어떻게 보면 독서는 일종의 노동이다. 보람이나 힐링, 힘듦이 병렬적으로 존재한다. 비록 이 과정이 어렵고 지치더라도 그 지루한 시간들을 견디고 이기는 체력이 있다면, 그건 독서력 즉 실력이 된다. 그로 인해 내 글쓰기 필력도 쌓이게 될 것이다. 사십 대 중반인 지금 체력, 실력, 필력, 이 세 가지 힘에 대한 현주소를 되돌아보게 된다.

허나 중요한 건 뭐든 절대량을 전제로 한다는 것이다. 누구나 삽질을 하지만 쓸데없는 일로 끝내지 않으려면 깊고 넓은 진정한 삽질을 꾸준히 해야 한다. 그런 의미에서 엘렌 코트의 〈초심자를 위한 조언〉을 되새김질 해본다.

초심자에게 주는 조언

엘렌 코트

시작하라. 다시 또 다시 시작하라.

모든 것을 한입씩 물어뜯어 보라.

또 가끔 도보 여행을 떠나라.

자식에게 휘파람 부는 법을 가르치라.

거짓말도 배우고.

나이를 먹을수록 사람들은 너 자신의 이야기를

듣고 싶어 할 것이다. 그 이야기를 만들라.

돌들에게도 말을 걸고

달빛 아래 바다에서 헤엄도 쳐라.

죽는 법을 배워 두라.

빗속을 나체로 달려 보라.

일어나야 할 모든 일은 일어날 것이고

그 일로부터 우리를 보호해줄 것은

아무것도 없다.

흐르는 물 위에 가만히 누워 있어 보라.

그리고 아침에는 빵 대신 시를 먹어라.

완벽주의자가 되려 하지 말고
경험주의자가 되라.

나 역시 경험주의자다. 무엇이든 해본 사람과 말로만 포장하고 때우는 사람은 다르다는 걸 잘 안다. 결국 드러난다. 그게 역량의 차이다. 어찌 되었든 바로 실행, 불현듯 기회가 왔을 때 한방에 송곳으로 찌를 줄 아는, 그것도 경험이다. 그래서 자꾸 주저앉는 눈꺼풀을 뒤집어서라도 책에서 손을 놓지 않으려 한다.

'오늘은 집에 가서 쉬어도 돼' 내 안의 소리를 들으며 퇴근 후 지친 몸뚱이를 끌고 근처 서점에 가본다. '어떤 책이 인기일까', '어떤 마케팅을 해야 사람들의 시선을 끌까' 궁금증에 이 책 저 책 들춰본다. 이렇게 끼적여도 본다. 언젠가는 내 글을 묶어 근사한 책을 만들어보자고. 근거 없는 자신감과 불확실성을 마음에 품은 채 말이다.

쓸데없는 잡념과 걱정으로 귀한 시간을 낭비하려는 생각은 없다. 경험이라는 스승을 알아보지 못하고 완벽주의라는 신념에 사로잡혀 헤매는 미련은 내 독서 인생에 없다. 휘게를 향한 여정이 험난하고 고독해도 책으로 자유롭게 전진하고 때론 유영하고 싶다. 일말의 후회도 남지 않도록 말이다.

든든한 백도 튼튼한 줄도 없지만 인생무상을 뛰어넘어 온전한 나로 '휘게' 하며 살아가려고 한다. 그래서 체력, 실력, 필력 세 가지 힘을 얻고자 오늘도 책을 읽는다. 그 경험으로 오늘도 일단은!

본전 따윈 잊고서

아비지트 배너지,《힘든 시대를 위한 좋은 경제학》, 생각의힘

박웅현,《여덟 단어》, 북하우스

사교육과 도박의 공통점은 본전 생각에 끊지 못하는 거라고 한다. 내게는 책이 그러하다. 고백하건대 나의 유난스러운 호기로움으로 책들을 구매해 책장에 모셔둔 지 몇 개월 후, 반쯤 읽다가 도저히 안 되겠다고 절독을 선언한 게 수차례. 당신이라면 여기서 시간을 더 들이고 에너지를 투자해서 읽기를 끝내겠는가. 아니면 중단하겠는가.

본전을 우선으로 생각하는 사람들은 어떻게든 읽어보겠다고 답할지도 모른다. 그러나 내 아까운 시간과 에너지 투

자가 실패할 확률이 크다는 것을 미리 알았다면 지금까지 얼마가 들어갔던 간에 중단해야 한다. 즉시 온라인 중고매장에 책을 등록하는 게 맞다.

뭉그적거리는 시간이 길어지면 길어질수록 더 많은 시간과 에너지를 잃는 것은 물론이다. 또한 다른 책을 영접할 기회마저 날아간다. 이미 없어진 시간과 에너지에 집착하면 진정한 독서광이 될 수 없다.

매사 단호하고 뒤끝 없는 나도 오락가락할 때가 있다. 얼마 전에 중고로 판, 절반도 채 읽지 않은 책 한 권이 생각난다. 648쪽의《힘든 시대를 위한 좋은 경제학》. 혹시나 도서관에서 대여할 수 있는지 찾아본다.

이미 끝난 일에 괴로워하지 말자고 다짐하건만 머리 위에 계속 떠다닌다. 내 손으로 사고 내 손으로 떠나보낸 책 한 권에도 이러는데, 설령 재미라고 해도 경마나 카지노는 하지 말아야겠다고 다짐한다. 그리고 비트코인도.

자신을 잘 아는 자들은 본인의 한계를 분명히 안다. 적어도 무비판적인 낙관주의에 취해 이것저것에 손대고 관심 갖는 자기 소모는 줄이는 게 낫다고 생각하다가도 예외가 책이라고 생각하는 중이다. 광고인 박웅현은《여덟 단어》에서 현재의 중요성을 개의 행위에 빗대어 이야기했는데, 개는 밥을 먹으면서 어제의 공놀이를 후회하지 않고 잠을 자면서 내일의 꼬리치기를 걱정하지 않는다고 했다. 당장 이 책을 읽는다고 뚜렷한 혜안이 나오는 건 아니지만 수많은 책들 중 지금 손에 쥐고 있는 그 책이 바로 이 순간 최선을 다해 읽고 있는 내게 보약이고, 맛있는 밥이다.

이 태도의 변화가 독서하는 우리의 삶을 풍요롭게 할 것이다. 하나 덧붙이자면 '그때그때 달라요' 줏대 없이 대충 사는 것처럼 들리겠지만, 궁극적인 목적은 카르페 디엠, 지금 이 순간 내가 읽고 있는 책에 전력을 다하고 싶다.

본전 따윈 신경 쓰지 않는 현재의 독서, 드라마 〈나의 해방일지〉 염미정의 말대로 "추앙하라". 조건도 거래도 없이, 재지 말고.

모험적 독서가 필요할 때

조지 레너드, 《마스터리》, 더퀘스트

찰스 핸디, 《코끼리와 벼룩》, 모멘텀

백지선, 《비혼이고 아이를 키웁니다》, 또다른우주

안도 사토시, 《나는 아동학대에서 아이를 구하는 케이스워커입니다》, 다봄

콜센터 상담원, 《믿을 수 없게 시끄럽고 참을 수 없게 억지스러운》, 코난북스

미스터리도 아니고 마스터리? 마스터를 향해 가는 과정
이나 여정을 마스터리라고 부른다더라. 조지 레너드의 《마
스터리》에서 눈에 딱 들어온 건, 뭔가를 할 때 한계의 벽 앞
에서의 행동 유형을 묻는 거였다. 첫째, 여기저기 손대는 사
람, 둘째, 강박에 사로잡힌 사람, 셋째, 현실에 안주하는 사
람, 이 세 유형은 삶의 방식이 각각 다르지만 결국 마스터리
를 깨닫지 못하고 마스터의 여정을 따르지 않기로 선택하는
공통점이 있다고 한다. 어쩌면 우리는 여기서 자신의 모습을

볼 수 있다. 나는 어떤 유형의 사람인가.

나는 모험가 스타일, 첫 번째 새로운 것을 찾아 이것저것 탐색해보는 불안정을 참아내지 못하지만 끊임없이 계속 자기 자신을 갈구하며 부딪히고 깨지면서 어떻게든 모양을 갖춰나간다. 1년 전에 시작한 사회복지사 2급 강의 수강과 여름 실습을 완전히 마치고, 자격 획득까지 하게 됐다. 줄곧 회사에만 다녔다면 감히 생각도 하지 못했을 아주 진귀한 경험이었다.

"남들보다 낫기보다는 남들과 다르게 하자." 이 화두는 늘 내 머릿속을 떠나지 않는 주요 안건이었다. 진정한 혁신은 회사 바깥에서 온다고 《코끼리와 벼룩》의 찰스 핸디는 진작부터 말했다. 하지만 우물 안의 개구리였던 나에겐 새로운 인사이트를 얻으려면 전문 분야에서 이탈해야 한다는 걸 짐작하면서도 그동안 익숙한 것의 변형에만 몰입했었다.

새로운 통찰과 새로운 아이디어를 얻으려면 자신의 전문 지식 분야에서 과감히 탈피해야 한다. 진정한 혁신은 해당 산업 혹은 회사 바깥에서 온다. 회사 내부에서 오는 것은 친숙한 것의 변형일 뿐, 진정으로 새로운 것은 아니다. [13]

놀라웠던 건, 관심이라곤 1도 없었던 복지 등에 실눈을 뜨면서 백지선의 《비혼이고 아이를 키웁니다》, 일본의 아동학대 사례관리사가 쓴 《나는 아동학대에서 아이를 구하는 케이스워커입니다》, 콜센터상담원의 《믿을 수 없게 시끄럽고 참을 수 없게 억지스러운》 같은 책들을 보게 되었다는 것이다.

새롭게 보기 위해 때때로 낯선 세계를 거닐어야 하고, 그러다가 다른 길로 새기도 하고, 처음 맡아보는 풀 향기에 취하기도 하나 보다. '다르게 보기'의 루틴이 유지되기 위해서는 단단한 힘, 지속하는 의지가 필수적이다. 또한 제대로 힘을 발휘하기 위해서는 그럴 만한 여유가 있어야 한다. 경직된 몸과 마음을 이완하며 온전히 받아들여야 하는 것이다.

이게 무슨 말일까. 나만의 루틴을 가지면 바쁜 일상에 쫓겨 나를 잃어버리는 불상사는 겪지 않아도 된다는 것 아닐까. 사실 바쁜 건 개미도 마찬가지 아니더냐. 곤충만도 못한 삶을, 주어진 과제만을 해결하기에도 급급한 남루한 인생을 살고 싶지 않으면 힘을 빼고 다르게 보는 여유부터 가져야 한다. 언제나 바쁘고 정신머리 없던 내가 이만큼이나 온 것도 대단한 변화다.

그러고 보니 모 식물원에서 본 아름드리소나무는, 봄에

잎이 나 여름에 자라지만 가을에 그 잎이 떨어지지 않고 겨울까지 보낸다. 그리고 다음해 봄, 여름을 지내고 잎이 가을에 떨어진다. 맞다. 소나무가 그 푸르름을 유지할 수 있었던 것은 아마도 헤아릴 수 없이 많은 새로운 잎들이 나고 졌기 때문일 거다.

사람의 몸이 생존을 위해 몸부림치는 그 항상성 가운데에 수분이 있다. 모험적 독서를 통해 복잡다단한 내적 환경을 안정 상태로 고요하게 유지하는 주말을 보내보자. 무슨 책으로 가속 페달 밟아볼까?

어떤 모자가 당신의 독서를 이끄는가

김영민, 《인간으로 사는 일은 하나의 문제입니다》, 어크로스

취임하기 전부터 지금까지 늘 화제의 중심인 모 장관의 직설적이고 논리적인 똑순이 화법이 독서에서 나온 것이라는 기사를 봤다. 그의 사무실에 탑처럼 책이 쌓여 있는지, 도대체 어떤 책들을 읽고 공부했길래 뇌리에 딱 꽂힐 단어를 선별하는 탁월한 능력을 갖게 되었는지 알 턱이 없지만 말이다.

우리는 어느 정도 직급이나 나이, 수준에 맞는 답을 스스로 갖고 있어야 한다고 생각한다. 특히 사회적으로 높은 위치에 있는 리더의 경우 이른바 '신 콤플렉스'를 가지고 허우적

거리고 방황하게 된다. '신 콤플렉스'의 사전적 의미는 개인의 능력이나 권한 또는 무과실성으로 인해 지속적으로 과장된 감정을 특징으로 하는 확고한 신념인데, 흔히 빠질 수 있는 덫이다.

복잡다단한 세상에서 문제의 정답을 정확하고 신속하게 찾기란 뿌연 도시에서 하늘의 별을 보는 것처럼 힘든 일이다. 그런데도 우린 이 요망한 정답을 찾는 것에서 쉽사리 나올 수 없다. 돌림노래처럼 실패나 성공의 이유를 끊임없이 찾아 어떻게든 끼워 맞춘다. 그가 속한 가정이나 출신학교, 학업, 스승, 읽었던 책에 이르기까지 끊임없이 둘러싼 배경을 탐문한다.

근데 간과하는 게 있다. 우린 신이 아니다. 흔히 리더는 답을 빨리 주어야 하며, 리더 자체도 본인이 능력 없는 사람으로 취급되지 않을까 늘 불안해하지만, 어쨌거나 자신이 가진 제한된 정보와 경험, 배웠던 논리로 해답을 제시할 수밖에 없다. 여기에서 딱히 잡히지 않는 모호한 한계를 느낄 수 있다.

'모자를 좇아가서 잡았더니 그 모자가 다른 것으로 변하지 않았어?'라고 묻자, '모자를 좇지 않았다'고 말하는 김영민의 《인간으로 사는 일은 하나의 문제입니다》를 읽고 무릎을 쳤다. 맞다. 눈앞에 있는 모자만 갈구하지 말고 전체적으로 넓은 시야를 가지기 위해서는 어딘가에 쏠려서도 안되고, 일정 거리를 유지해야 한다.

전체를 볼 수 있는 시야를 확보하기 위해서는 특정 욕망에 함몰되어서는 안 되고 대상과 늘 거리를 유지해야만 한다. 모자를 사랑하지만 모자를 좇아서는 안 된다. 그에게는 몰입의 쾌감 대신 아득한 피로와 슬픔이 있다. 그것이 전체를 생각하는 리더가 치러야 하는 대가다. [14]

그 시점은 어떻게 얻을 수 있을까. 모자를 너무나 사랑할 수도 있겠지만 좇아서도, 함몰되어서도 안 된다는 것에는 동의하지만, 그 방법을 딱히 모르겠다. 나의 독서에서 나의 모자는 뭘까. 세찬 바람 때문에 모자는 날아가고 있는지, 종종 내리쬐는 뙤약볕에 모자를 꼭 써야 하는 상황인지 고민이 된다면 절반의 성공은 한 게 아닐까.

미국에서 가장 규모가 큰 공공도서관인 뉴욕공립도서관의 관장 토니 막스는 도서관은 단순히 책을 보관하는 곳이 아니라 사람들의 배움을 돕고 거짓으로부터 진실을 발라내는 장소라고 했다. 마치 언론사처럼. 그는 독서를 통해 사람들이 배우고 진실을 알아간다고 했다.

관건은 똑 부러지는 단호한 정답보단 진지하게 배우려하는 것, 진실을 알아가려는 태도를 보여주는 것, 그것부터가 아닐까. 독서로 인해 신 콤플렉스를 없애고 모쪼록 내 앎과 내 진실을 향한 배움이 찬찬히 깊이 있게 진행되었으면한다. 당신은 어떤 모자가 당신의 독서를 이끌고 있는지?

함부로 마세요

서서히·변한다,《긴 세대 생존법》, 헤이북스

무한한 성공욕으로 가득 차 있으며 주위 사람들로부터 존경과 관심을 끌려고 애쓰며, 지위나 성공을 위하여 대인관계에서의 착취, 공감 결여, 사기성 같은 행동 양식을 보인다는 자기애성 성격장애를 아는가? 자기애성 성격장애를 가진 남성 중 사회적으로 성공한 사람들이 많다는데 사실 성별의 구분은 크게 유의미하지 않은 것 같다. 지금까지 겪어온 수많은 보스들 중 이 성격을 가지지 않은 사람이 없었다. 어쩌면 성공의 조건에 이 성격은 필수요건은 아닐까 하는 옅은 의심이 들 정도였으니까. 한두 살 나이를 먹으며 쉽게 피로감을 느끼는 요즘 그 에너지, 체력 하나는 훔치고 싶을 정도로 대단하다 생각했다.

불가사의했다. 묻지도 않았고 궁금하지도 않은 자기 이야기를 하고, 모든 상황에서 본인이 화자가 되고 다른 이들을 왜 청중으로 만드는지. 도대체 왜 저럴까, 무엇이 저 상황의 원인일까? 아마도 첫 번째는 내면의 권태와 공허함을 말로 풀려고 하는 의지의 발로일 것이고 또 다른 이유는 만족할 만한 대화의 경험 부족이나, 대화를 시도조차 하기 어려운 일말의 두려움 때문이 아닐까 하는 추측도 해봤다.

무엇보다 간절함의 부재, 알고 보면 대화를 가장한 일방적 강연을 스스로 용인할 정도로 실은 타인과 말을 하고 싶지 않았거나 필요성을 느끼지 못했던 것은 아닐까. 진실로 상대방과의 공감을 원한다면, 남의 귀중한 시간과 에너지를 빼앗는 강도짓은 시도할 엄두조차 내지 않았을 텐데 말이다. 상대방 입장에서 더 안타까운 건 그 이야기를 들으며 티 내지 않게 조는 속임수, 묵묵히 듣고야 마는 인내 말고는 달리 방도가 없단 거다.

자기애성 성격장애자가 하는 말에는 끝이 없다. 그에게

는 청중들의 썩은 표정조차 가늠이 쉽지 않다. 지극히 자기 중심적인 사고로 인해 상대를 이해하는 능력 또한 부재해 다른 사람의 요구나 감정을 인지하기는커녕 받아들일 수도 없다. 설상가상 가장 큰 비극은 본인에게 이러한 공감 능력이 없다는 걸 꿈에도 모른다는 것이다.

서서히·변한다의 《긴 세대 생존법》 첫 책을 낼 때 관계자로부터 들었던 주된 이야기는 독자를 두고 하는 글인지 소장용 일기인지 판단하라는 거였다. 그때부터였다. 나의 쓰기는 독자의 감정과 의견에는 관심이 없고, 내 책에 대해 내가 가진 예상이나 기대에 적절히 부응하기만 바라는 수준은 아닌지, 또한 나의 읽기는 책을 쓰느라 온 정신과 온 에너지를 쏟아 넣은 저자보다 독자인 내 감정과 의견이 우선인 것은 아닌지 되돌아보게 되었다.

특히 제대로 쓰고 읽지 않는다는 건, 결국 다른 사람의 의견에 관심이 없다는 증거이다. 독일 평론가 발터 벤야민은 문장이 중요한 것이 아니라 기록 자체가 중요하며, 독서란 쓰이지 않은 걸 읽어내는 것이라고 말한다. 나는 좀 더 덧붙이고 싶다. 쓰이지 않은 걸 잘 살펴야지 읽어낼 수 있고, 잘 살피고 읽어야지 잘 쓸 수 있다고.

모름지기 좋은 쓰기와 읽기란 독자와 저자의 생각의 방향을 묻는 간절한 질문에서 시작한다. 그렇다면 내 읽기와 쓰기는 어디쯤 와 있나. 아직도 잘 살피고 가늠하지 않고 나르시시즘에 빠져 허우적거리고 있는 건 아닌지. 늘 돌아보고 반성하며 다짐하자. 하나의 낭비 없이 하나의 허투루도 없이. 적어도 내 글을 읽는 독자가 끝내 책을 덮고 줄행랑을 치지 않았음 하는 바람을 가져보며.

침묵 속 30센티미터 거리

최인철, 《아주 보통의 행복》, 21세기북스

사회적 거리두기가 해제되고 재택근무는 없어지고 사내 모임이 다시 활성화됐다. 이것 때문에 어떤 이들은 퇴사까지 고려할 정도로 당혹감을 감추지 못하고 있다는 말에 웃어야 할지 울어야 할지 모르겠다. 남쪽 나라 근무 시절 매일 상사 가 주는 술을 끝내 거절 못 하고 토하고 게워냈던 그 한심하 고 미련했던 나날이 주마등처럼 스쳐지나간다. 모든 인간관 계는 어쩌면 노동이고 에너지 소모니까 지금 상황이 당황스 러운 이들의 마음은 충분히 이해가 된다.

근데 어떻게 만족되기만 할까. 최인철의《아주 보통의 행복》에서 만족과 흡족의 차이를 풀어냈는데 놀라웠다. 만족에는 어느 정도의 포기도 있고 흡족은 자기만의 기준에서 충분히 조금의 모자람 없이 넉넉하다는 뜻이다. 인간은 사회적 동물이기에 타인들과 섞여 사는 게 당연한 것인데, 그때마다 불편한 구석이 생기고, 때론 적당하게 타협해야 할 때도 생긴다.

흡족: 조금도 모자람이 없을 정도로 넉넉하여 만족함. 행복의 실체를 묘사하기에 이처럼 좋은 단어가 있을까? 흡족에는 만족이라는 단어 속에 언뜻언뜻 비치는 체념의 그림자가 없어서 좋다. 흡족에는 '이 정도에 만족해야겠다'는 결단과 비장함이 없다. '형편에 만족하며 살라'는 꼰대 같은 이미지도 없어서 마음이 부담이 없다. [15]

이런 조율 속에서 점점 지쳐갈 때 차라리 쓸쓸함과 공허함을 처절히 느끼는 혼자가 낫겠다는 생각이 문득 스친다. 갑자기 월든 호숫가로 거처를 옮긴 헨리 데이비드 소로의 실행이나, 〈나는 자연인이다〉 등장인물들의 선택이 자유로운 삶이었다는 생각이 든다. 드라마 〈나의 해방일지〉해방클럽 강령 세 가지 수칙 '행복하지 않겠다. 불행한 척하지 않겠다. 정직하게 해보겠다' 뒤에 돌아오는 건 연기 아닌 인생이 어디 있겠냐는 자조적인 대답이었지만, 어쨌든 그렇지 않은 척을 하든 진짜 그러려고 하든 모든 게 자유이고 선택이다.

사람이 갑자기 변하면 죽는다고 한다. 나의 경우 급사하긴 싫어 그간의 기대에 부응하고자 적정 시간 동안 쿵짝을 맞춰준 후, 그 무리를 빠져나올 타이밍을 기어이 찾아내곤 한다. 빠져나올 때면 누가 불러도 뒤도 돌아보지 않는다. 그리고 무작정 걷는다. 머플러가 없다면 외투에 깃 바짝 세우고 주머니에 손 찔러놓고 모양 빠지는 총총 걸음이라도 좋다. 제법 걸음이 빨라진다. 오직 나만의 고요한 시간을 위해 집으로 향한다.

침묵 속에서 자그마한 평안과 지혜를 얻기엔 독서만 한 게 없다. 독서와 고독은 필수불가결이다. 타인과의 관계를 위해 애쓰지 않아도 되는 적정한 온도의 마음으로 약간의 거리를 두는 것, 30센티미터. 흔히들 독서할 때 책과 눈의 거리라고 하는데, 잠깐 멈춰 책 속 저자의 의견과 생각에 무게를 실어주자. 오직 독서만이 바쁜 일상 속에서 펄떡거리는 마음을 가라앉히고 진정시키며 달랠 수 있다.

뉴스에 주로 등장하는 인사들은 남의 허물만 탓하고 돌림노래처럼 공정, 정의를 외친다. 그러나 그 두꺼운 장막을 거둬내면 나를 봐줘,라는 인정 심리로 뭉쳐져 있는 건 아닌지. 헛헛한 마음에 내뿜는 포효고 소음은 아닐지. 그럴 때일수록 침묵 속 30센티미터의 거리에 주목해야 한다.

오늘은 아들이 학원에 다녀와 고꾸라져 잠들 때까지 눈뜨고 절대고독의 시간을 기다려 보자. 가만 보자. 무슨 책을 읽을까.

기억과 망각의 균형점 찾기

스콧 A. 스몰,《우리는 왜 잊어야 할까》, 북트리거

슈테파니 슈탈,《거리를 두는 중입니다 : 조금 더 편해지고 싶어서》,

위즈덤하우스

"그 많은 책이 기억나긴 해요?"

SNS 친구들이 묻곤 한다. 독서하고 나서 습관처럼 간단히 쓰는 내 포스팅을 보고 묻는다. 나는 극한의 실용주의자다. 자주 깜빡하는 금붕어라는 핸디캡을 갖고 있지만, 독서의 상수는 아웃풋이라는 생각엔 변함없다. 실사구시의 정신으로 시원스레 밑줄을 긋는다. 인상적인 페이지를 사진으로 찍은 후 사진 파일에 밑줄 쫙, SNS에 간단한 소감과 함께 적어둔다. 리뷰를 잘 써야 한다는 부담감도 적지 않지만, 가급적 거르지 않고 한 줄이라도 남기려고 한다.

'필사'를 해봤다. 필사는 단순히 책 내용을 베껴 쓰는 글씨 연습이 아니다. 정성을 들여 한 문장 한 문장을 써 내려가다 보면 글 안에 담긴 작가의 혼을 느낄 수 있다고 하여 권하는 이들이 많았다. 허나 내 경우 예쁘게 필기한 기억만 있지 내용은 생각이 나지 않더라. 대신 어떤 책은 종이책 한 장 한 장을 넘길 때 사각대는 소리로 인해 선명하게 기억 한편에 자리 잡는다. 기대감으로 두근거리며 봤던 그 순간들이 모여 긴 여운을 남기기도 한다.

인생은 끝없는 모호함 속에서 강렬한 한 조각으로 결정되는 것처럼 독서도 마찬가지다. 다 잊어버리더라도 작지만 유의미한 내용의 단편들이 모여 내 허무와 고단함을 이겨내는 기폭제로 작용한다. 즉 망각은 이 복잡한 세상을 견뎌 끝내 살게 해주는 든든한 힘이었다. 스콧 A. 스몰의《우리는 왜 잊어야 할까》에서 생각한다는 것은 곧 차이를 잊고 일반화하고 추상화하는 것이라는 정의를 보고 마음을 굳혔다. 망각은 진정한 인지능력이고 기억과 균형을 이룬 망각은 꼭 필요하다고 한다.

그렇다. 우리는 예전부터 망각을 극복하려 부단히 애써왔고 자주 잊어버리면 마치 뇌의 작동 오류로 받아들이는 경우가 흔했다. 더 나은 기억력은 고귀한 목표인 반면 망각은 방지하고 전력을 다해 싸워야 하는 대상이었지만 사실 나아가기 위해선 꼭 필요했다. 잊어야 새로운 걸 받아들일 수 있는 틈이 생긴다. 나에게 중요한 것은 다시금 상기하자. 그럼으로써 앞으로 한 발짝 새롭게, 이롭게 나아갈 수 있기 때문에.

무엇보다 중요한 건 수많은 것들이 잊히더라도 그것은 어제보다 더 나은 오늘을 기억하기 위한 과정이라는 점이다. 그러기 위해선 슈테파니 슈탈의《거리를 두는 중입니다: 조금 더 편해지고 싶어서》에 나온 메타 태도에 주목해야 한다. 지혜롭고 현명하게 기억과 망각의 사이에서 균형점을 찾으며 나의 기억, 느낌, 지각하는 모든 것을 종합적으로 판단할 수 있는 주체적인 태도를 가져야 한다는 것. 더불어 불확실한 삶 속에서 터질 것 같은 머릿속에 쉼을 주는 것.

중요한 것은 상대를 대하는 당신의 마음가짐입니다. 그림자 아이가 비굴한 모습을 보이는 사람들은 당연하게도 관계에서 열세인 쪽이 되는 것에 두려움이 있습니다. 열세와 우세, 이기는 것과 지는 것이 그들의 생각의 틀입니다. 그때 스

스로를 감지하고 전환해야 합니다. 성숙한 자아로 관찰자 시점을 취하고 상대가 같은 눈높이에 있음을 생각해야 합니다. 메타-태도를 준비합니다. [16]

책을 읽고 단면만 기억하면 어떠하랴. 잊어버려도 좋다. 지워버려도 좋다. 망각을 통해 읽는 내용에서 자연스럽게 멀어지고, 놓을 수 있는 것 마저 읽는 자의 특권이다. 사는 동안 내 기억 속엔 어떤 책들이 남을까. 그 기억이 궁금해지는 금요일 오후가 불현듯 찾아왔다.

언젠가는 '겸양지덕'의 독서

글배우, 《괜찮지 않은데 괜찮은 척했다》, 강한별

선거철, 관심조차 없었던 공보물이 이상하게 눈에 들어왔다. 너나 할 것 없이 일꾼이라 하지만, 내 동네에 뭐가 필요한지 제대로 알지도 못하고 마구 떠들어대는 천편일률적인 정책들은 여전하다. 행정이 해야 할 일을 어떻게 국회의원이 주도적으로 하겠다는 건지, 시장이 하지도 못할 법제정을 왜 제1공약으로 내세웠는지, 알 수 없다. 아님 말고식 무책임한 내지름인지, 아님 과한 호기로움에서 비롯돼 뭐든 해보고자 덤비는 것인지 그들의 머릿속이 궁금해졌다.

모르면 용감해질 수 있다. 학교를 졸업하고 직면한 세상은 그동안 알고 공부했던 것보다, 훨씬 드넓고 모르는 것 천지였다. 꼭 공부가 아니더라도 기술 하나만 있으면 남부러울 것 없이 사는 것을 내 눈으로 분명 목도했다. 그게 회사에 들어가 겪게 된 충격이었다. 그전까지는 열심을 다한 공부가 아니면 인생이 폭망인 줄 알았다. 어쨌거나 이 역시 내가 줄곧 몰랐던 것이었다. 정말이지 그동안 짐작도 못했던 곳에 내던져진 거였다. 입사 후 사보 만드는 걸 거들었는데 그때 내 생애 듣도 보도 못했던 용접하는 아저씨, 도장하는 아주머니, 설계하는 외국인 엔지니어 동료들을 만나 어떻게 인터뷰를 했던 걸까.

지금 와 생각해 보니 '공부왕 찐천재' 홍진경 방법을 구사했었다. 일차방정식과 일차함수를 배우는 과정에서 모르는 건 모르겠다고 솔직하게 말하는 그 리얼함과 비슷하게 '조린이', 즉 '조선업은 아무것도 몰라요', 무장해제한 백치미를 무차별적으로 내뿜었다. 그래서 스스럼없이 다가가기 쉬웠다. 덜 떨어지고 모자란 내 모습에 몇몇은 빼꼼 마음의 문을 열었는지도 모른다.

책읽기도 그렇다. '그래, 나보다 더 아니까 번듯하게 출판도 하는 거지' 모르면 모른다고 인정하며 마음을 훅 내려놓고 나서 읽기 시작하면 술술 잘 읽힌다. '나도 알거든? 으흠, 두고 보겠어' 팔짱 끼고 벼르며 읽는 건 시작부터 틀려먹은 거다. 내 경우 마케팅이나 홍보, 독서 관련 서적을 읽을 때 이런 시건방짐과 뾰족함이 생긴다. 특히 IT 유명 기업이나 스타트업 회사에서 일한 경력을 내세운 프롤로그부터 벌써 째려보게 된다. 참 유치하지 않은가.

글배우의 《괜찮지 않은데 괜찮은 척했다》에 부자가 되는 법 세 가지가 나온다. 하나는 내가 되고자 하는 걸 확실히 정하고 둘째는 실패할 준비를 하며, 마지막은 집중한다는 것. 이걸 '제대로 읽기'로 바꿔도 무방하다. 물론 이 세 가지 방법의 전제는 곧 '인식'이다. '겸양적 인식', 내가 모르고 부족하다는 것을 깨닫고 알아야 읽고자 하는 걸 정할 수 있고, 읽다가 이해하지 못함을 온전히 받아들이게 되는 것.

그러다가 몰입해서 눈에 힘 풀고 '오호라' 기합 넣고 보게 되면 하나라도 건질 수 있다. 이 삼박자가 어우러지면 제대로 읽기가 가능할 것이다. 더군다나 젊은 작가가 연륜이 적은데 뭘 알겠어 등의 꼰대적 마인드로 메시지보다 메신저에 집중하면 본질을 놓치기 일쑤다. 그러니 마음을 말랑하게 만들고 영민해져 보자. 가끔 레이저부터 발사하는 내가 명심해야 할 부분이 이것인 것 같다.

"손을 넣어 대지의 가슴을 만져보라, 추운 겨울에 얼어붙은 것 같았지만 아니다. 그 얼음으로 인해 이제 우리의 보습을 받을 준비가 돼 있다." 17」

톨스토이의 책을 보고 누군가 말했던 것처럼 내려놓으면서 자신의 분수를 아는, 비우면서도 나를 깨우는 겸양적 독서를 하는 사람은 이미 책이 필요 없는 현자일 것이다. '겸양지덕', 난 멀었나 보다. 그래서 여전히 책을 읽는지 모르겠다.

무계획 독서

이지성·정회일,《독서 천재가 된 홍대리》, 다산라이프

양희은,《그러라 그래》, 김영사

"앞머리를 일자로 자르지 말고 아치형으로 하세요. 유한 인상으로 보이려면 말이에요."

얼마 전 미용실에서도 들었던, 아마 100만 번 귀에 못이 박히도록 들었던 그 말에 너털웃음과 "아, 다시 태어나야 할 거 같아요"로 친절히 화답한 지 수십 년째. 이젠 그러려니 하고 AI 로봇처럼 자동으로 리액션한다. 아마도 온전히 내가 날 받아들인 모양이다. 유하면 어떠하고 세게 보이면 어떤가. 거친 인상을 소중히 돌보고 내면을 가꾸는 개성만점 삶을 살겠다며 스스로를 위로하고 있다.

나이 들수록 외모 등 내려놓는 지점이 하나둘씩 생긴다고 하는데, 이상하게도 책읽기의 경우 레드퀸 효과에 대해 갈팡질팡할 때가 있다. 세스 고딘이 붉은 여왕의 저주라고 부른 레드퀸 효과는 진화생물학에서 파생한 개념으로 우리네 삶이 러닝머신 위에 있다는 뜻이다. 즉 제자리에 가만히 멈춰 있으면 자신도 모르게 뒤쪽으로 이동해버리기 때문에 계속 달릴 수밖에 없다는 것.

이지성과 정회일의 《독서 천재가 된 홍대리》를 보면 레드퀸 효과를 이야기하며 독서로 제자리에 머물기 위해서는 온 힘을 다해 뛰어야 하고 비슷한 경쟁에서 벗어나려면 그 이상의 품을 들여 결국 넘어서라고 한다. 사실 시도를 해보지 않은 건 아니다. 몇 년 전 첫 이직에 무난히 적응하기 위해 호기롭게 일주일에 책 두 권은 거뜬히 보자고 넘버링까지 해가며 가속도를 붙였다. 그러다 보니 주객이 전도된 느낌이 문득 들었다.

혹시 레드퀸 효과라고 알고 계세요? 내려가고 있는 에스컬레이터에서 위로 올라가려고 빨리 뛰어도 어지간히 빠르

지 않으면 제자리에 있을 수밖에 없는 현상을 말하는 거죠. 자신의 속도가 움직이는 주변 환경과 같다면 같은 장소에 머물 수밖에 없고 아무리 애를 써도 앞으로 나갈 수가 없는 것을 가리키는 말이에요. (중략) 레드퀸 효과는 주로 생물학에서 많이 쓰는 말이에요. 생물체가 살아남기 위해 진화를 거듭하지만 환경이 변하기 때문에 결국 제자리에 머무는 것 같은 현상이죠. (중략) 주변의 뛰어난 동료들이 무엇을 읽고 있는지 무엇을 하고 있는지 한 번 잘 살펴보세요. 레드퀸이 한 말은 옳아요. 최소한 제자리를 지키기 위해서라도 뛰어야만 하죠. 다시 말해 비슷한 경쟁에서 벗어나려면 열심히 뛰는 것만으로 부족해요. 두 배 이상의 노력이 필요하니까요. [18]」

책을 보는 행위에 집중하는 게 아니라 그 순간 내가 지키고 있는 계획이 우선이며 오히려 독서 자체는 부수적이란 생각이 머리를 띵하게 했다. 책 두세 권은 꼭 읽어야 일주일을 잘 마무리할 수 있을 거란 강박까지 생겨 더는 독서 시간이 기다려지지 않았다. 이러한 깨달음과 회한 이후 더 이상 1년에 몇 권 읽는다는 계획은 세우지 않는다. 그 대신 하나 건진 습관은 매주 금요일마다 책을 소개하는 신문의 어느 귀퉁이를 빠짐없이 읽는 것. 이를 통해 책에 대한 정보를 충분히 얻고 활용하고자 한다.

양희은의 《그러라 그래》의 전유성 씨 말이 생각난다. 저자가 전유성 씨에게 언제까지 라디오를 할지 고민이라고 했더니 "몇 살까지 하겠다는 계획을 해? 그냥 해! 나이 든 사람이 방송하면 말투가 꼭 한문 선생님 같아지는데 자꾸 사람을 가르치려고 들면 그땐 그만둬." 맞다. 신이 인간을 비웃는 빌미가 바로 사람의 계획 때문이라고 하는데, 이 책을 먼저 봤더라면 좋았을 걸 하는 아쉬움이 든다.

성실하게, 꾸준히, 묵묵하게 읽다 보면 본연의 나를 주체적으로 인식할 수 있는 자기 주도력이 생길 것이다. 잘 여물어가며, 잘 읽으면서 나만의 정통성을 세워보자. 어느새 성장한 내 자신을 마주할 수 있기를. 희망을 안고 책을 가슴에 꼭 품어보는 월요일.

어때? 팀플 독서

변진경,《울고 있는 아이에게 말을 걸면》, 아를

윤석만·천하람,《낀대 패싱》, 가디언

오마에 겐이치,《난문쾌답》, 흐름출판

지난 새벽, 아들의 연달은 괴성에 잠이 쏙 달아났다. 손흥민의 득점왕 등극을 두 눈으로 똑똑히 보기 위해 약 150만명, 거의 특례시급 인구가 밤잠을 설쳤다. 나도 엉겁결에 동참하게 되었다. 미스터 손의 감아차기 슛도 환상이었지만, 자기 일처럼 즐거워하고 그가 득점할 수 있게 도와주고 끌어주는 마음씨 좋은 동료들과의 팀플레이, 정말 놀라웠다. 유럽인들의 트레이드마크 개인주의는 온데간데없고 팀을 중히 여기는 츤데레들만 보였다.

독서도 딱 그랬다. 독서 모임 후 연애나 술 같은 잿밥에 치중된 것에 실망해 독수공방 나홀로 읽었던 그동안의 세월을 잠시 제쳐두고, 지난 봄부터 책모임을 통해 한 달에 한 권씩 같이 읽고 있다. 일절 관심조차 없었던 그림책과 소설도 읽는 기이한 경험을 함께하니 조금씩 재미있어졌다. 그동안은 내 마음을 위로하고 공감해주는 책만 즐겨보다가 때론 어떠한 자각도 없이 건조하게 문장만 읽는 세월을 기어이 건너, 함께 논제를 만들고 질문을 찾으며 다른 이들은 어떻게 생각하는지 공유하는 것에도 흥미를 느끼는 절정에 이르렀다.

신기하다. 이러한 신비로운 경험 때문에 무작정 안 되는 건 없다고 생각하게 되었다. 그럴 수도 있다고 여기는 지점이 생긴다. 고개를 절레절레 흔들며 아니라고 울부짖던 어떤 사안에 대해 '뭐 그럴 수도 있지 않나? 그럼 나도 한번? 그래볼까' 하게 된다. 이해의 폭이 넓어지는 건지 포기의 속도가 빨라지는 건지…. 다만 독서모임 이후 분명해지는 건, 유학의 최고 경전이라고 할 수 있는 논어의 첫 구절 '학이시습지 불역열호學而時習之不亦說乎' '배우고 익히면 또한 기쁘지 아니한가'에서 두 단어를 덧붙이고 싶다는 것, '때론 같이'

책을 읽다가 어떤 부분에서 잠시 멈추고 누군가를 생각하며 표시를 해두었다가 나의 시선이 멈추는 그곳과 상대방이 새롭게 눈뜬 또 다른 지점에 대해 이야기를 나눈다면 좋지 않을까? 변진경의《울고 있는 아이에게 말을 걸면》같은 책은 사회복지 실습 동료에게, 윤석만·천하람의《낀대 패싱》을 청년에 관심 있는 자에게 권하며 같이 읽자고 한다면 서로 간의 연결고리가 더 단단해지지 않을까 하는 기대도 품어 본다.

오마에 겐이치의《난문쾌답》에서 현대의 혁신은 유희심이라고 했다. 여유와 익살을 잃지 않는 마음과 함께 자기를 발전시키고 주위로 눈을 돌려 비뚤어진 것을 바로 하려는 마음을 모으자. 느슨한 연대를 통해 배우고 익히면 결국 너나나나 행복하지 않을까? 손흥민이 앞장서 팀 승리를 위해 PK 찬스를 양보하고 인터뷰 끝엔 항상 동료들에게 공을 돌렸기에 그 기운들이 모아진 것처럼. 온 우주가 나서서 그의 득점을 도와줬듯이 나의 독서도 때론 같이 그렇게.

음식처럼 취향도, 추억도 환대

한승혜, 《제가 한번 읽어보겠습니다》, 바틀비

김영민, 《공부란 무엇인가》, 어크로스

김정훈, 《낀대세이》, 태일소담출판사

문하연, 《다락방 미술관》, 평단

황조은, 《그 회사의 브랜딩》, 한국경제신문

김훈종 《어쩐지 고전이 읽고 싶더라니》, 한빛비즈

이라영, 《환대받을 권리, 환대할 용기》, 동녘

　　책과 동급으로 애정하는 음식에 녹아 있는 추억 한 줌을, 흐릿한 기억 속의 지난날을 떠올려본다.

　　파리 출장 때 쭉쭉 찢어먹었던 후추 잔뜩 육포와 한국에서 공수해 간 캔막걸리.

　　청와대 앞에서 폼 잡고 책을 보며 홀짝거렸던 에일 수제 맥주.

　　욕 한 바가지, 눈물 콧물 범벅에 고현항에서 빨던 소주팩.

　　이직을 앞두고 혼자 간 여수에서 모듬회 한 접시에 흔들지 않은 100년 전통 생막걸리.

보스의 퇴임을 목전에 두고 있어 그동안 생사고락을 함께한 동료들, 언론인들과 기억에 남을 식사를 하고자 맛집을 검색하고 있다. 블로그도 훑어보고 후기와 사진도 꼼꼼하게 보고 장소를 선택한다. 갈 때마다 괜찮은 호평을 얻으니 맛집 블로그를 해볼까 솔깃한 요즘이다. 사람들에게는 그 어떤 것보다 음식을 통해 전해져오는 감동과 그 시간을 함께한 사람들과의 기억이 크게 기억에 남을 테니 유독 신경 쓸 수밖에.

한승혜의 《제가 한번 읽어보겠습니다》에선 책의 취향을 만드는 걸 맥주에 비유한다. 에일이든 라거든 자기 입에 꼭 맞는 걸 알아내려면 많이 마셔봐야 하는 것처럼 책도 마찬가지이다. 지인들에게 책 추천을 자주 하는 편이다. 죽으면 다른 사람의 기억 속에 본인 인생이 남을 텐데, 다른 사람의 기억 속에 내가 추천한 책 한 권 정도는 남았으면 좋겠다는 욕심이 생긴다.

결국 내가 맥주의 맛을 잘 구분하지 못했던 것은 미각이 선천적으로 둔감해서도 아니었고 실제로 맥주들의 맛이 거기서 거기인 것도 아니었고 그냥 절대적 경험치가 부족했기 때문이었다. 누구나 자신만의 취향을 가질 수 있지만 그 취향이라는 것은 결국 다양한 경험이 바탕이 된 뒤에야 제대로 구축될 수 있다. 그런 점에서 과거의 나는 말로는 맥주를 좋아한다고는 하지만 맥주에 대해 아무것도 몰랐던 셈이다. 맥주와 관련하여 아무런 취향도 갖추지 못했던 말하자면 맥주초보였던 것. (중략) 결국 어떤 책이 좋은지, 자신에게 무슨 책이잘 맞는지, 자신의 취향이 어떤지를 파악하려면 많이 읽는 수밖에 없다. 자신이 좋아하는 책 위주로, 남들의 눈치를 보지않고, 마음껏 말이다. 다만 조금 더 흥미를 넓힐 수 있는 방향으로 항상 문은 살짝 열어둔 채로. [19]

북큐레이팅, 참 어렵다. 최인아 책방에서, 용인의 리브레리아에서, 부산의 주책공사에서, 밀리의 서재에서 매달 책을받곤 했는데 내 취향에 맞지 않으면 가차 없이 중고책방으로보낸다. 읽기 싫은 책을 읽는 건 입맛에 맞지 않는 음식을 먹는 것처럼 고욕이다. 음식은 삼키고 뱉고가 되지만, 책은 부피가 있어 공간을 차지한다. 그럼에도 불구하고 두려워서 시도하지 않는 게 아니라 시도하지 않아서 두렵다는 말에 기운을 얻어 책을 추천받고, 선물하는 데 주저함이 없다.

때론 자격시비가 붙곤 한다. 네가 책을 좀 읽는다고 함부로 내 취향을 안다고? 가장 어려운 건 차원이 다른 클래스의 다독가 보스들께 책을 추천할 때다. 엄청난 교양의 아우라에 눌려 기죽게 되고, 내 수준을 어떻게 평가할까 벌거벗겨진 마음에 많은 생각이 머릿속에서 떠나지 않는다. 하지만 맛집을 때려 맞추는 신기를 적용해 '책 고르는 나만의 감을 보여주겠어!' 하고 의지를 다져본다.

최근 6개월 안에 읽었던 책 중에서 추천을 했다. 30년 공직생활 끝에 명예퇴직을 앞둔 분께 김영민의 《공부란 무엇인가》를, 만화잡지 보물섬을 그리워하는 80년대생 언저리 분들에게 김정훈의 《낀대세이》를, 그림과 화가의 인생을 단숨에 보고 싶은 분들에겐 문하연의 《다락방 미술관》을, 브랜딩에 대해 감 잡고 싶은, 창업을 꿈꾸는 분들에겐 황조은의 《그 회사의 브랜딩》, 나 같은 고전 잘알못들에게 김훈종의 《어쩐지 고전이 읽고 싶더라니》등, 내 북큐레이팅 적중률은 어느 정도인지 궁금하다.

앞으로 남은 세월, 힘닿는 데까지 많이 읽고 침 튀기면서 추천할 거다. 자신 있게 누군가에게 권할 수 있고, 같이 읽자고 청유할 수 있는 그런, 우리의 독서는 음식처럼 기억과 취향을 찾아가는 어느 지점에 와 있는 걸까…. 갑자기 생각나는 책, 당연한 환대를 받고 용기를 듬뿍 얻고자 할 때는 이라영의 《환대받을 권리, 환대할 용기》를 추천한다.

소로까진 아니더라도

헨리 데이비드 소로, 《월든》, 은행나무

　얼마 전 회사 선배의 텃밭에 가지런히 심어져 있는 로메인 등을 보고 이성을 잃고 허겁지겁 땄던 기억이 떠오른다. 그날이 내 인생 처음으로 상추를 따본 날이었다. 코로나19 때문일까 아님 작년 연말에 퇴직한 분이 하루에 10시간 넘게 공부해 조경관련 자격증을 땄다는 소식을 듣고 난 후부터일까. 식물에 애정을 주는 일에 관심이 생겼다. 그래서 베란다 없는 우리 집에서 어떻게 텃밭을 가꿔볼까 이 생각 저 생각을 하다 구글링을 해보고, 그동안 수없이 죽였던 선인장에 따박따박 물을 주기 시작했다.

푸르름이 좋다. 침침한 눈이 청량해지고 시원해지는 느낌을 받는다. 매일 못 볼 꼴, 듣고 싶지 않는 소음을 접하지 않는가. 더러워진 눈과 마음을 치유하는 초록을 통해서라도 깨끗해지고 싶을 뿐이다. 예전 잠실에 살 때는 주말마다 올림픽공원 잔디밭에 아이를 풀어놓고 돗자리 깔고 누워 책을 보곤 했다. 이른바 천고독서. 백미는 하늘 한 번 보고 책 한 장 보고, 초록 한 번 보고. 아이는 저 멀리 안전한 곳에서 뛰어놀고 있어 크게 신경 쓰지 않아도 되는 안락함까지 더해지니 그야말로 행운이다.

그때 본 파란 하늘과 푸른 잔디, 더불어 책 한 장, 하늘 한 번 볼 수 있는 내 마음의 여유로움이 절묘하게 버무려진다면 이보다 더한 행운이 없다. 이게 행복이 아니면 뭘까. 이 정도면 됐다는 안도감까지… 그때 본 찬란했던 하늘과 싱그러운 초록 잔디가 가끔 생각난다. 이제와 왜 그리운 것일까. 천고독서를 할 마음의 한 칸조차 내지 못하고 있는 요즘을 되돌아본다. 어떤 장소가 나의 독서를 이끄는가 곰곰이 생각해봤더니 사실 나는 덜컹거리는 어두컴컴한 버스 안에서도 잘 읽는 사람이었다.

가만 보자.《월든》의 헨리 데이비드 소로는 공간을 통해 인생을 전환하지 않았던가. 이십 대 젊은 나이에 그는 과감하게 월든 호숫가 숲속으로 들어가 오두막을 짓고 밭을 일구며 본인 방식대로 먹고사니즘을 해결했다. 어린 시절부터 광적인 책벌레였기에, 비슷한 주제만 나오면 거의 문장 자체를 외워서 말할 수 있을 정도의 엄청난 양의 독서를 소로는 숲속의 오두막에서 했을 것이다.

내 경우 책이 잘 읽히는 장소가 딱히 없었다. 가장 편안했던 건 잔디를 배에 깔고 엎드려 읽거나, 아님 높다란 하늘과 함께 두 팔 벌려 읽었던 순간이었다. 그래서 반가운 소식 하나. 서울광장이 '책 읽는 서울광장'으로 탈바꿈해 우리 곁으로 온다는 것. 매주 금요일과 토요일, 서울광장은 3천여 권의 책과 문화가 있는 곳으로 바뀐다고 한다.

모처럼 서울나들이를 해야겠다. 빈백 하나 빌려서 반짝이는 하늘 한 번 보고 푸른 잔디 한 번 보고 책장을 넘기면서 멈출 수 없는 책읽기의 즐거움에 빠지고 싶다. 다른 사람들이 앞으로 나아가는 곳, 거기서 나는 멈춰 선다. 독서로, 헨리 데이비드 소로의 숲속 오두막까진 아니더라도.

사부작사부작 범독일류

김훈종,《어쩐지 고전이 읽고 싶더라니》, 한빛비즈

제임스 클리어,《아주 작은 습관의 힘》, 비즈니스북스

대단한 책, 김훈종의《어쩐지 고전이 읽고 싶더라니》를 읽었다. 고전을 읽을 때면 하품만 하던 내가 완독을 했다. 내 눈이 오래 멈췄던 곳은 인생은 자전거를 타는 것과 같고 균형을 유지하려면 계속 움직여야 한다는 아인슈타인의 말을 빌린 에필로그 부분이었다. 페달에 발을 떼지 않고 계속 조금씩 구르고 균형을 잡기 위해 갖은 노력을 한다는 것은 결국 나다움의 표현이다. 영화〈역린〉에서 왕의 서책을 관리하는 내관, 학식이 뛰어났던 상책의 대사와 오버랩된다. 스몰 스텝, 중용 중 1일 1행의 기적의 이야기다. 즉 작은 일도 배제하지 않고 열과 성을 다해야 한다는 것. 정성을 다하게 되면 그게 발현되고 밝아지며, 감동이 되고 그 물결로 인해 결국 변하게 된다는 것이다.

　"인생은 자전거를 타는 것과 같다. 균형을 유지하려면 계속 움직여야 한다." 알베르트 아인슈타인은 말했다. 뭉근한 불에 하물하물 익힌 고기처럼 곱씹을수록 맛깔난 잠언이다. 아인슈타인의 본뜻이 어디에 있는지 확인하기 어렵지만, 내 나름의 주석을 덧붙이고자 한다. 계속 움직인다는 것이, 단순히 전진을 뜻하는 게 아니다. 아무리 열심히 페달을 밟아도 손잡이를 살짝만 틀면, 제자리에 뱅글뱅글 돌거나 가던 길을 되짚어 거꾸로 내달릴 수 있다. 불확실성의 시대에서 우리는 어느 방향이 제 방향인지도, 심지어 모른다. 발을 굴러 달리는 것이 세속적인 성공이나 발전만을 한정하지 않는다. 여기서의 방점은 결국 '균형'에 찍혀 있다. 내 삶의 균형을 유지한다는 건, 결국 중용이나 시중의 실천이다. 발을 구른다는 건, 결국 '나다움'의 발현이다. 나의 정체성과 존엄을 드러내는 일이다. [20]」

제임스 클리어의 《아주 작은 습관의 힘》에도 나와 있다시피 최고의 선수들과 보통 사람들의 차이는 유전이나 행운, 재능이 아니라 반복되는, 견디기 어려운 지루함을 묵묵히 이겨내는 것이라 했다. 탁월함에 이르는 유일한 길은, 즉 그 일을 하고 또 하고 놓치지 않고 끝까지 해내는 것은, 그 자체에 끊임없는 매력을 느끼기 때문일 것이다. 어쩌면 견디기 힘든 지루함은 싸움이나 오기의 대상이 아니라 그저 사랑하고 아껴주면 되는 건지도 모르겠다.

자기계발 여정의 어느 시점에서 누구나 같은 도전에 직면한다. 지루함과 사랑에 빠지는 것이다. 체육관에 갔는데 갑자기 운동을 끝까지 하고 싶지 않아진다. 글을 쓸 때가 됐는데 어느 날 갑자기 타이핑하기가 싫어진다. 화가 나거나 고통스럽거나 고갈되었거나 기타 등등의 일이 일어났을 때 앞으로 나아가는 것. 이것이 전문가와 아마추어의 차이를 만들어낸다. [21]

문득 생각난다. 드넓은 조선소를 스쿠터 타고 휘젓고 다니면서 배달 사고 난 임원 분들의 신문을 일일이 나르던 아득했던 신입사원 시절, 작은 일도 일류처럼 하는 범사 일류를 그땐 하지 못했다. 이런 자질구레한 일까지 왜 도맡아야 하는지에 대한 자괴감과 창피함을 넘어 나를 놓아버리고, 잊어버려야 했던 지독한 흑역사가 있었다. 그래서 19년이 지난 지금 나는 새까만 후배들에게 허드렛일도 일류처럼 정성을 다해야 한다고 말하기 힘들다.

다만 의도적이라도 스몰 스텝의 노력 정도는 꼭 해보라고 한다. 애씀과 정성 자체는 헛것이 아니라는 걸 깨닫게 되는 기회를 놓치지 않길 바라기 때문이다. 이것은 나만 아는 사실이 아니다. 수많은 자기계발서를 보면 성공한 사람들의 열쇠가 별다른 게 아님을 모두 안다. 남들보다 부지런하게, 비록 작다 하더라도 주어진 일에 최선을 다하는 것. 반면 실행은 더디면서 뜬구름 잡고 추상적으로 입만 놀리는 건 못 정치인들과 다를 바 없는 행위다.

작은 일, 생육, 정성… 할 수 있는 일로 진정한 의미를 찾는 것은 내가 작은 사람이어서가 아니라 할 수 있는 일과 역량을 잘 아는 덕분이 아닐까. 스몰 스텝 전략은 '초격차'를 만드는 디딤돌이고, 누구나 할 수 있는 작은 도전이지만 그걸 시행하지 않는 사람은 실패하게 된다. 거기에서 머무르지 않고 지속되는 스몰 스텝을 토대로 자신의 경험을 쌓는 이는 결국 성공에 한 발짝 가까이 가는 것이다.

이를 위해 방금 내 앞에 스쳐 지나간 바람처럼, 잠시 비추는 햇살처럼, 당장 끌리는 책부터, 눈에 들어오는 신문 칼럼부터 읽어보는 게 어떨까. 인생이란 애지중지하거나 그렇다고 함부로 다뤄서도 안 되지만, 읽기도 마찬가지. 우리가 읽는 책이 주먹질로 두개골을 깨우지 않는다면 무엇 때문에 책을 읽는단 말인가? 책이란 우리 내면에 존재하는 얼어붙은 바다를 깨는 도끼여야 된다는 카프카 선생님의 말씀을 마지막으로 빌려…. 꾸준히 할 도끼질이라면 사부작사부작… 오늘도 퇴근 후 소소하게 독서를, 끝끝내 범독일류를.

필요를 부르는 독서도 필요해

칼 뉴포트, 《열정의 배신》, 부키
이원석, 《거대한 사기극》, 북바이북
김미경, 《김미경의 리부트》, 웅진지식하우스

"엄마, 영어 공부는 왜 해야 해?"

아들이 물었다. 멍해졌다. 주절주절, "엄마의 경우엔 회사에서 필요했어. 너도 잘하면 좋을 거 같아. 그러기 위해선 시간이 좀 걸려. 꾸준히 하면 어떨까?"라고 둘러댔지만, 사실 그 '적당히'를 위해 얼마나 많은 노력이 필요했고, 얼마나 많은 포기가 있었던가.

그놈의 '열심히 해', 칼 뉴포트의 《열정의 배신》을 보면 무심코 내뱉는 이 말에 뒤통수를 후려갈긴다. 열정 마인드셋에서 벗어나 장인 정신부터 가지라고 한다. 세상이 나에게 뭘 해줄 수 있나에서 벗어나 내가 세상에 뭘 해줄 수 있느냐로의 전환이 시급하다는 것. 그리고 나서 자율성을 추구하고 사명감을 가지라 한다.

지금까지 저는 자신의 일에 대한 사람들의 2가지 사고방식을 다뤘습니다. 첫 번째인 장인 마인드셋은 '내가 세상에 무엇을 줄 수 있는가'에, 두 번째인 열정 마인드셋은 '세상이 나에게 무엇을 줄 수 있는가'에 각각 집중하는 태도입니다. 장인 마인드셋은 명확한 답을 주지만 열정 마인드셋은 답하기 어려운 모호한 질문과도 같죠. 제가 조던 타이스를 만난 뒤 내린 결론처럼, 장인 마인드셋은 지금 자신의 직업이 '옳은지 그른지'에 대한 자기중심적 사고에서 벗어나 오직 일에 몰두하고 정말 최고의 실력을 갖추는 데 열중하라는 확실한 메시지를 전달합니다. 장인 마인드셋은 주장합니다. 훌륭한 커리어는 누가 거저 주는 게 아니라 자신의 손으로 일궈 내는 것이며 그 과정이 결코 순탄치는 않을 거라고. [22]

"사람들이 돈을 낼 일들을 하라." 일의 원칙에 있어서 열정론 대신 일을 규정하는 특징은 다름 아닌 희소성과 가치이다. 먼저 그런 일을 갖고자 한다면 거기에 상응하는 드물고, 귀한 능력을 갖추고 있는지 살펴봐야 한다. 그러려면 자기 붐업, 자기계발을 요하는 독서가 먼저 필요하다.

이원석의 《거대한 사기극》에선 어린이들에겐 우화와 위인전으로, 배경보다 노력이 최고라고 거짓으로 흘리고, 평범한 직장인에겐 노력은 접어두고 간절히 원하라는 시크릿 같은 걸로 사람들에게 힐링 사기를 친다고 한다. 초반의 진지한 문제의식과 지적성찰은 저 멀리 사라졌고 자기계발은 타락했다. 그러니 아예 자기계발이 더 이상 필요 없는 사회를 만들자고 한다.

자기계발이 지향하는 바는 개인의 독립성과 자율성을 강조하고 이를 통해 성공에 대한 낙관적 전망을 강력하게 견지하는 것에 있다. 이것은 물론 가시적 증거들로 엄격하게 증명될 수 없는, 일종의 강력한 신념이라 할 수 있다. 그리고 자기계발은 이러한 지향점의 현실화를, 모든 부담을 개인에게 온전히 전가시킨다. 이는 단지 생산성 증대의 측면에만 머무르는 것이 아니라, 노동력 재생산의 측면에까지 이어진다. 현

체제를 지속하고 계급을 재생산하게 만드는 이러한 구조는 자본주의 시스템의 진행방향이다. 그리고 이는 신자유주의 사회 안에서 더욱 가속화되었다. [23]

내 생각은 좀 다르다. 개천에서 더 이상 용이 나지 않는다는 것도 알고, 로또 같은 천운 따윈 바라지도 않지만 그렇다고 자기계발서까지 자조적이고 냉소적일 필요까진 없다. 가끔 내 자신이 부족하다고 스스로를 세뇌하고 채찍질하는 건 나쁘지 않다. 그런 점에서 자기계발의 필요를 부르는 책들은 게으름이란 염증을 진정시켜 주는 일종의 소염제다.

《리부트》의 저자 김미경의 경우 57세에 파이선을 배웠단다. 몇 년 전만 해도 늘 똑같은 레퍼토리에 발전 없는 파이팅 서사만 가득한 이야기에 관객들이 식상할 수 있었는데 코로나19 때문에 오프라인 강의가 끊겨 전면적인 탈바꿈이 필요했다고 한다.

물벼락 같았다. 혼돈의 변수를 불변의 상수로 이겨내는 악착같은 이야기를 가득 담은 이 책은 내게 '얼음 땡'을 외쳐 주었다. 영어 강의까지 술술 하는 저자를 보면서 변화 없는 평안한 일상을 살고, 혼란과 위기를 피하고 싶은 비겁한 순간에는 부끄러움마저 느껴진다.

　막상 책을 덮고 나면 앞으로 요구될 노력과 열정에 숨이 막혀 속도가 더딜 수도 있다. 하지만 일단 해보자. 그 필요를 부르는 독서까지.

불편함을 딛고

천주희, 《우리는 왜 공부할수록 가난해지는가》, 사이행성
소준철, 《가난의 문법》, 푸른숲

잘못 골랐다. 《우리는 왜 공부할수록 가난해지는가》. 아침에 전기바이크를 득템해 좋은 공기 들이마시며 하천을 가로지르면서 새벽 출근 잘했는데, 이 책을 읽고 나니 삶은 고구마 열 개를 한입에 털어 넣은 거 같다. 빚과 가난에 좌절하는 가여운 청춘들, 이 노릇을 어쩌면 좋을까. 열정 페이와 헬조선에 아파하고 허덕이는 젊은이들의 모습과 우리 사회의 일그러진 자화상, 예전의 내가 떠올랐다.

젊음 그 자체는 차세대의 착취해야 할 노동력이며, 이미

노동자 계급의 일원이라고 생각하는 게 어쩌면 당연한 시대다. 우리 젊은이들은 아르바이트, 인턴십 등의 이름으로 이미 노동을 하고 있으며 자본주의를 지탱하는 한 축을 담당하고 있다. 나 역시 대학시절 기억이 통째로 없다. 동아리고 뭐고 학창시절의 향수나 낭만 따윈 존재하지 않는다. 돈 버느라 정신이 없었다. 20년 전이나 지금이나 다를 바 없어 더 마음이 가라앉는다.

잘못 골랐다. 폐지 줍는 노인을 다룬 소준철의 《가난의 문법》. 주인공의 현실 속에는 멀지 않은 미래에 늙어갈 우리들의 모습이 담겨 있다. 남 일이 결코 아니라는 걱정이 앞서게 되는, 그래서 밤잠을 설쳤다. 서울 북부에 주택을 구입할 정도의 부를 쌓았지만 연금과 폐지 판 돈, 노인 일자리로 벌어들이는 돈을 합쳐 50만 원 정도로 삶을 지탱하고 있는 주인공의 가난. 이것이 국가와 사회와 시대의 변화 속에서 일어난 변화라고 하니 더 답답해졌다.

은퇴나 퇴직 따윈 생각할 수 없는 노인들, 그들이 노후에도 빈곤한 이유는 아마도 자식들 뒷바라지에 그동안 모은 자산과 노동력 대부분을 바쳤기 때문일 것이다. 고단한 세월 끝에 돌아온 건, 온전치 못한 몸으로 또다시 쓰레기 줍는 하급의 노동을 해야 하는 각박한 현실이다. 돈 버느라 혼이 나갔던 젊음과 청춘이 있었다 하더라도 이들의 가난이 20년 후 우리에게 닥칠 미래일 수 있다고 하니 더 가라앉게 된다.

2021년 여름, 유엔무역개발회의에서 한국은 개발도상국에서 선진국으로 국가적 지위가 격상되었다. 눈 떠보니 선진국, 허나 OECD 회원국 중 자살률 1위인 대한민국에서 이십 대, 육십 대 남성의 자살이 증가하고, 2030대 여성 사망 원인 1위가 자살이라는 통계가 있다. 아직 우리 마음은 후진국 수준이라는 가슴 아픈 현실의 반증이 아닐까. 밑이 어딘지도 모르게 씁쓸한 마음을 감출 수 없었던 건 아마도 그 이유일 것이다.

더 이상 '아프니까'가 당연한 전제가 되지 않아야 한다. '덜 아프게' 우리들을 위해 청년수당과 연금을 통해 사람답게 살 수 있는 최소한의 사회적 안전망, 실업해도 일어설 수 있게 새로운 응전을 지원하는 시스템이 반드시 있어야 한다. 눈 떠보면 선진국이라는 이 대한민국엔 이런 시스템이 요원하다. 읽을수록 더 침전되고 가라앉지만 그럼에도 불구하고 현실을 거침없이 드러내는 불편한 독서를 감행해야 한다. 더 나은 세상과 더 나은 미래를 꿈꾼다면.

뉴타입 독서로 사정없이 흔들다

아마구치 슈, 《뉴타입의 시대》, 인플루엔셜
아마구치 슈, 《세계의 리더들은 왜 직감을 단련하는가》, 북클라우드
카렌 살만손, 《위대한 직감》, 예문
이어령 · 김지수, 《이어령의 마지막 수업》, 열림원

예측이 아닌 구상력을 바탕으로 요즘과 같은 뷰카시대[24]
에 믿을 건 직감 밖에 없다는 아마구치 슈의 《뉴타입의 시
대》를 읽었다. 나는 내 미래를 어떻게 하고 싶은지, 어떻게
만들고 싶은지 고민하는 뉴타입의 인간인지 되돌아봤다. 저
자의 또 다른 저서 《세계의 리더들은 왜 직감을 단련하는가》
에서도 축적형 이론 사고보다 직감이 중요하다고 지적한다.

"자신의 문제의식에 기초해 세계를 향해 귀를 기울이고

눈을 응시하고 계속 손길을 뻗었을 뿐이다. 이런 사고와 자세야말로 미래 시대가 요구하는 뉴타입의 가치관과 행동양식이다." 25」

　'대담한 직감'을 가지고 그 효력을 제대로 발휘하려면, 첫째 위험하다고 즉각적으로 느끼는 안테나의 감도와 둘째 달리는 열차에서 과감히 탈출할 결단을 내릴 수 있는 용기가 필요하며, 그 무엇보다 문제를 발견하는 능력이 중요하다. 이른바 '어젠다 세팅 능력'을 통해 의미와 가치를 찾고 만들어야 한다. 그리고 실행에 옮긴다. 그러기 위해선 핑계나 머뭇거림 따윈 일찌감치 내다 버려야 한다.

　급변하는 뉴타입의 시대에서 대단한 직감을 갖기 위한 독서는 어떻게 해야 하는 걸까. 일단 자신만의 관심사로 여러 책들을 벽돌 삼아 생각의 집을 짓는 게 가장 중요하다고 본다. 창조적 독자로서 일관성을 가지고, 본인 나름대로 해석을 바탕으로 하며, 저자의 의도나 관점이 빗나가도 개의치 않는 뚝심도 있어야 할 것이다. 책은 무조건 끝까지 읽을 필요도 없고, 중간에 읽다가 나와 맞지 않으면 그만두는 순발력까지 더한다면 더할 나위 없다. 그게 바로 창조적이고 능동적인 독서를 뒷받침해주는 힘이 될 것이다.

카렌 살만손의 《위대한 직감》에서도 업무에 대해서 말한다. 현재 업무가 진행되는 상황에 대해 "왜?"라는 질문을 던진 후 문서들을 하나하나 찾아보면서 가장 먼저 눈에 들어온 것을 살핀 후 무작위로 책장을 펼쳐 눈에 들어온 글귀 속에서 새로운 통찰력을 얻자고 했다. 사람의 뇌란 정보의 방대한 도서관과 같아서 사안마다 일일이 이성에 앞서 재단하고 결정하며 최상의 능률을 끌어올릴 수 없다. 그래서 직감은 정보의 필터이자, 시간을 절약할 수 있는 최상의 방법이라는 것.

뇌는 정보의 도서관과 같다. 우리는 언제나 정보를 끌어다 모으고 이들을 각기 다른 기억의 서가에 담아둔다. 정보의 저장 창고는 언제든 드나들 수 있지만 그 규모가 지나치게 방대하다. 다시 말해 그 모든 정보를 일일이 가져다가 한꺼번에 '이성'에 선보이기란 불가능하며, 그런 까닭에 결정을 내리기가 힘들다는 뜻이다. 그런가 하면 '동물적 본능'은 뇌라는 도서관의 사서와 같다. 사서는 도서관에 보관된 자료들에 익숙한 사람이다. 이 사서만 믿고 따른다면 우리는 두뇌의 저장 창고에서 필요한 정보만을 빠른 시간 안에 받아볼 수 있을 것

이다.[26]

  《이어령의 마지막 수업》에선 사람들이 책 읽는 이유가
두 가지라고 했다. 내가 모르는 걸 발견하려고 읽고, 아는 걸
확인하려고 읽는 것. 결국 책이란 건 이미 알던 것을 깨워서
흔드는 것, 사정없이 머리를 진동시켜 이성과 상상을 동원하
고 저자의 본 의도를 넘어설 때 그것이야말로 독자의 이해와
해석의 힘이 필요하다. 읽는 것을 나의 머릿속으로 펼쳐 보
이고 그려내는 것, 상상력이 핵심이다. 이는 책 안과 밖을 자
유롭게 넘나들 수 있는 유연한, 창조적인 독자만이 가능한
능력이다.

  머리뿐만이 아니라 온몸으로, 오감으로 느끼며 한 자 한
자 꾹꾹 눌러 읽어야겠다. 온 정성을 다해. 뉴타입형 인재로
거듭나기 위해 책 읽는 건 참 힘든 일이다.

도파민 발생 독서

애나 렘키, 《도파민네이션》, 흐름출판
밀라논나, 《햇빛은 찬란하고 인생은 귀하니까요》, 김영사
이창현, 《익명의 독서 중독자들》, 사계절

지역서점에서 지역화폐로 결제 시 결제 금액의 10퍼센트를 환급해준다고 한다. 무슨 책을 살까 아침 신문의 신간 소개 코너를 뚫어져라 보고 있다. 충돌한다. 주택담보대출 이자가 많이 올라 허리띠를 졸라 매야 되는데, 참았다가 도서관에서 빌려볼까? 아냐, 신간은 바로 사보는 맛이 있는 거야. 두 생각이 마음의 정중앙에서 부딪친다.

책만 생각하면 여지없이 도파민이 나온다. 눈꼬리도 입꼬리도 가만히 있을 줄 모르고, 최대치로 올라간다. 도파민

은 호감에 발동을 거는 호르몬으로 극적인 사랑에 빠지거나 격정적인 느낌을 받을 때 분비된다고 한다. 아니 그렇다면 책을 살 때 과격해지는 내 감정도 부지불식간에 이뤄지는 홈 쇼핑 충동 구매와 같은 수준인지 갸우뚱해진다.

애나 렘키의 《도파민네이션》에서는 한술 더 뜬다. 한 의학자의 말을 빌려 "인간은 열대우림의 선인장"이라며 건조한 기후에서 자라는 선인장이 열대우림에 던져진 것처럼 인간은 과도한 도파민에 둘러싸여 살고 있다고 했다. 집착에서 벗어나 삶의 균형을 찾기 위해 도파민의 법칙을 이해하고, 정면으로 마주해야 한다고도 한다.

인간은 궁극적인 추구자다. 쾌락을 좇고 고통을 피하는 세상의 시험에 너무나 잘 대응해 왔다. 그 결과 우리는 이 세상을 결핍의 공간에서 지나치게 풍족한 공간으로 바꿔 놓았다. 그러나 우리의 뇌는 이 풍요로운 세상에 맞게 진화하지 않았다. 만성적인 좌식 식사 환경에서의 당뇨병을 연구한 톰 피누케인 박사는 이를 두고 "인간은 열대 우림의 선인장입니다."라고 말했다. 건조기후에 살아가는 선인장이 열대우림에 던져진 것처럼 우리는 과도한 도파민에 둘러싸인 환경에 살

고 있다. 결과적으로 지금의 우리는 더 많은 보상을 얻어야 쾌감을 느끼고, 상처가 덜하더라도 고통을 느낀다. 이러한 기준 변화는 개인 수준뿐만 아니라 국가 수준에서도 일어나고 있다.[27]

무언가에 흠뻑 빠지는 활동에서 흥미와 재미를 느끼는 것은 인류가 가진 DNA에 새겨진 본능이라고 하는데, 굳이 본능을 억제하면서 살아야 하나 싶다. 도파민 컨트롤을 위해 팜유 같은 동물성 지방 섭취를 자제하고 엽산, 철분 등을 먹으면 도움이 된다고 하는데….

《햇빛은 찬란하고 인생은 귀하니까요》의 밀라논나는 행복이란 매 순간 자신의 오감이 만족할 때 오는 감정이라고 했다. 자기 몸에 집중할 수 있는 여유를 갖고, 내 오감 중 어떤 감각이 가장 발달했는지 깨달을 정도로 자신을 잘 관찰하고 애정을 갖고 지켜봐야 자주 행복감을 느낄 수 있다고 한다.

내겐 아마도 매일 산책을 하고, 책 읽는 시간이 흥분과 고양감을 온몸으로 느낄 수 있는, 결코 하루도 빠질 수 없고 놓칠 수 없는 소중한 순간이라는 생각이 든다. 그럼에도 걱정이 되는 건, 도파민 과잉의 시작인 금단 증상이다. 독서에도 금단 현상이 있다.

일상적인 루틴을 지키지 못한 적이 있었다. 매일 새벽에 하던 책읽기를 과중한 업무 때문에 며칠간 하지 못했더니 업무 중 보는 긴 글마다 그렇게 간절할 수가 없었다. 계속 읽고 싶어 죽겠다. 머리에선 '이걸 하나의 책이라 생각해' 주문을 건다. 눈에서 나오는 강렬한 광선으로 종이를 새카맣게 태울지 모르겠다. 며칠 동안 설탕이 들어간 음식을 일체 끊다가, 뻥튀기 몇 알을 먹었는데 사카린의 단맛을 소중하게 느꼈던 것과 비슷하다고 해야 하나.

도파민도 똑같다. 진짜 재미를 알고 소중함을 느끼기 위해 도파민의 공백을 견뎌내야 한다지만, 이번 주 내내 1일 1독하지 못한 나는 주말엔 도파민을 아껴둘 생각 따윈 접어버렸다. 그리고 이창현의 《익명의 독서 중독자들》의 이 말만 떠올린다. "세상에는 많은 책이 있지만 독서중독자라 해도 평생 읽을 수 있는 책은 소수일 뿐." 일평생 책을 읽을 수 있는 날도, 양도 한정되어 있는 이 서글픔을 뒤로하고, 주말에 SRT에 몸을 싣고 경주에 갈 때 무슨 책을 읽을까 생각해 본다. 아니나 다를까, 벌써부터 도파민이 나오기 시작한다.

현혹되지 않는 독서

대치동 키즈,《내 집 없는 부자는 없다》, 원앤원북스

마강래,《부동산, 누구에게나 공평한 불행》, 메디치미디어

전 국민의 생활자격증을 너무 쉽게 생각했다. 퇴근 후 몇 시간 바짝 부동산 중개사 시험공부를 2개월 동안 벼락치기 하다 과락했다. 남편의 회사 후배는 바짝 해서 붙었다던데… 쪽팔림을 가까스로 추스르고, 그때부터 부동산 관련 책들을 보고 있다. 타인의 기본적인 권리를 지켜줄 만큼 너그럽지 않은 이 사회에서 호구가 되지 않기 위해 부동산 관련 지식은 필수란 그 생각만으로.

도대체 돈이란 무엇인가. 어떤 이는 오륙도라고 했다. 거

제에 있을 때 부산을 내 집 드나들 듯 다녀 오륙도를 잘 안다. 바위섬인데 동쪽에서 보면 봉우리가 여섯 개고 서쪽에서 보면 봉우리가 다섯 개다. 돈도 마찬가지. 보는 사람의 위치, 보는 방향에 따라 각각 다른 관점으로 보인다.

나이가 드니 돈이 다르게 다가온다. 이십 대에는 갈급의 대상, 삼십 대에는 영혼까지 싹싹 긁어 갈아 넣은 블렌더, 사십 대, 지금은 갈급의 대상도 블렌더도 아니다. 노후의 땡볕을 피하기 위한 그늘막 정도? 대치동 키즈의 《내 집 없는 부자는 없다》에서도 부동산 투자를 통해 자산을 쌓으려는 목적은 보다 정성적인 활동이며, 자본주의의 매트릭스에서 벗어나 경제적, 시간적 자유를 얻기 위한 행동이라고 했다.

어디 보자. 요즘 투자는 마치 오픈북 시험과 같다. 부동산의 경우 어디가 어떤 방식으로 변화해 갈지 정보가 나와 있는 상태이다. 주린이를 위한 주식투자 유튜브도 셀 수 없이 많다. 그 안에서 무수한 정답을 찾아가며 똘똘한 투자를, 투자에서 얼마나 좋은 성적을 얻을지는 전적으로 투자자 본인의 역량에 달려 있다.

동탄2 신도시를 수시로 지나다니던 5~6년 전까지만 해도 늘 갸우뚱했다. 저 성냥갑 같은 수많은 아파트들이 좁디

좁은 땅덩어리에 지어지고 또 지어져도 왜 계속 공급을 해야 하는 건지. 관련 책들을 보면서 궁금했던 것들을 깨닫게 되었다. 인구는 줄어들지만, 1인 가구의 비중은 증가해 이들을 위한 주택수요는 늘어날 것이고, 임대주택시장 역시 그 파이가 커질 거라는 분석은 꽤 설득력이 있었다.

더불어 주택공급 확대보다는 수요 분산이 중요해 베이비부머 세대를 지방으로 이주하도록 유도하는 정책, 수도권 이외 지방들을 뭉텅이로 묶는 메가시티 전략이 필요하다는 마강래의《부동산, 누구에게나 공평한 불행》을 보면서 새 정부의 국토부에서 내놓는 정책과 비교해보는 쏠쏠함도 있었다.

'백날 책을 보면 뭐 하는가' 하면 할 말은 없다. 투자 실행에 옮기기까지 용기 내기가 어렵고, 성공할 가능성도 장담할수 없다. 더불어 이 모든 것의 전제는 일단 나와 내 가족이 누리고 싶은 기대 수준을 냉정하게 바라보는 힘이 필요하다. 그렇다면 원점으로 돌아간다. 나는 왜 투자로 돈을 벌고자 하는가. 정말 간절한 마음인가.

분명한 건 관련 책들을 이것저것 읽은 덕분에 '일확천금' '한탕주의'의 삼천포로 빠져 귀가 솔깃해지는 아마추어리즘은 옅어졌다는 것이다. 그거 하나로도 충분하다. 근데 투자의 묘미는 불확실성을 낮춰준다는 것에 있는데 티브이에 뻔질나게 '부동산의 신'이라 얼굴을 팔았던 그가 공인중개사 자격증이 없는 중개보조원이었다고 한다. 검증도 하지 않고 사람을 마구 써서 대중을 상대로 불확실성과 불안을 증폭시키면 어찌 하나. 믿을 게 하나도 없는 서늘한 여름밤이다.

24시간이 모자란 독서

정지우,《행복이 거기 있다, 한 점 의심도 없이》, 웨일북

맞춰보세요.

세상이 미쳐 돌아가는 숨 헐떡이는 분주함 속에서도 정말 좋아하고 원하면 결국엔 생각나 펼쳐보게 되는 것, 잠시만이라도 보고 싶은 것, 확인하고 싶은 것, 사람들이 좋아하고 새로운 게 나타났다면, 더욱더 궁금해하는 것, 심적으로 힘들 때마다 보고 싶고 의지하며 온전히 기대고 싶어지는 것.

"시간이 없어요? 핑계예요. 없는 시간을 쪼개서라도 할 사람은 해요."

이것은 바로 독서다. 잘 들여다보면 여유가 없는 게 아니라 절실함이 없거나 그렇게까지 할 이유가 아직 없는 거다.

시간은 누구에게나 있다. 입 벌리면 시간이 내 입 중앙으로 떨어지는 게 아닌데 우린 자꾸 모자르다는 비겁한 핑계를 댄다. 구글은 2011년 동일본 지진이 발생하자, 불과 두 시간도 채 안 되어서 특설사이트 '재해 대응'을 만들었다. 그 서비스의 하나로 일본어판 퍼슨 파인더를 공개했다. 그러니 우리의 평범한 일상에서 그 대단치도 않은 2~30분을 내지 못하는 게 핑계가 아니면 뭘까.

독서는 다 쓰고 남은 여유와 시간을 털어 책에 바치는 게 아니다. 무릇 주스나 즙 같은 것, 한 방울까지 짜내서 부지런히 보고 또 보는 게 책이기에, 그렇다면 우리가 읽지 않아야 할 이유를 찾기는 더 어려워진다. 결국 내 마음에 달려 있다.

책을 보기 위한 유토피아는 과거에도 없었고 지금도 없다. 1516년 토마스 모어 선생님께서 유토피아를 내놨지만 500년이 흐른 지금 그 어떤 사람들이 여섯 시간 일하고 여덟 시간을 잘까. 단언컨대 앞으로도 책 읽기 좋은 한량한 천국은 없을 것이다.

요즘은 점심을 11시 반에 먹는 경우가 많다. 15분 정도

잘 먹고 15분 정도 산책을 하면 2천보가 넘는다. 양치하고
돌아와서 새벽에 보다가 덮은 책을 20분 정도 이어본다. 얼
추 한 시간이 흐른다. 가끔 피곤할 때 책에 파묻혀 10분 동안
꿀잠을 청하면 종이 향기 때문에 대나무숲에 온 거 같이 숙
면을 취할 수 있다.

한양대 정민 교수의 '책을 못 읽는다는 것처럼 슬픈 말이
없다는 말'에 공감했다. 내 경우엔 수전증이 있다. 가슴도 두
근두근. 책을 봐야 되는데 보지 못한다니 참으로 우울하도
다, 하면서. 나를 반듯하게 곧추세워줄 책을 자의 반 타의 반
으로 멀리하니 마음 밭이 날로 황폐해지는 걸 느낀다. 지난
주 바쁘다는 핑계로 독서하지 못했던 내 마음의 건조도는 얼
마인지 문득 궁금해졌다.

정지우의 《행복이 거기 있다, 한 점 의심도 없이》를 보면
지금 여기를 견딜 수 없게 되면 제대로 지금 여기에 있는 게
아닐 거라고 했다. 그래, 하루하루 오늘도 최선을 다해 정성
을 들여 읽으면 된다. 읽을 때만큼은 가능한 한 모든 감각을
책에 쏟아 붓자. 그 시간들이 모여서 전체가 되고 최선의 총
량이 되는걸. 온전히 빠져 즐겨보고 전념하자. 오늘은 퇴근
후 또 어떤 책을 영접할까.

어쩌면 지금 여기를 견딜 수 없는 사람은 제대로 지금 여기에 있는 사람이 아닐 것이다. 그는 자신이 지금 여기에 깨어 있다고 믿지만 사실 그는 다른 곳에 있고 그곳에서 잠들어 있을 것이다. (중략) 수도사들이 이 악마와 싸워 이기는 방법은 단 하나였다. 그저 작가의 방에 들어가 아무도 만나지 않고 가만히 머무는 것. 악마가 원하는 것은 그를 끌고 나가는 것이었기 때문에. (중략) 항상 그 자리에 있었던 지금 여기의 충만함이 비로소 인식되며 그는 신을 느꼈다. 신이 여기 있음을, 그래서 자신도 여기 있으면 된다는 것을 알게 되었다. [28]」

그럼에도 불구하고 'NO' 외치기

강상중, 《살아야 하는 이유》, 사계절

옌스 바이드너, 《나는 단호하게 살기로 했다》, 다산북스

조영태, 《정해진 미래》, 북스톤

카스 R. 선스타인, 《왜 사회에는 이견이 필요한가》, 후마니타스

　자원봉사 활동가분들을 대상으로 '나를 지키면서 일하기'란 주제로 강의를 하다가 질문이 들어왔다.

　"어떻게 하면 거절을 잘할 수 있을까요?" "이견을 상사에게 어떻게 말해야 할까요?"

　거절도, 이견을 표현하는 것도 연습이 필요하다. 최대한 예의를 갖춘 태도를 취하라는 원론적인 이야기를 했지만 지금 생각하니 강상중 선생님의 말씀을 보탤 걸 그랬다. 그의 《살아야 하는 이유》에서 인간의 세 가지 가치 중 그 하나가

'뭔가를 만들어 내는 창조' 그리고 창조보다 못하지만 '해보지 않은 것'보다 훨씬 나은 것으로 '경험', 마지막으로 인간의 진가는 바로 '태도'에 있다고 했다.

　세 가지 중 가장 중요한 하나를 꼽으라면 역시 태도를 택하겠다. 즉 분명한 입장을 취하는 것이다. 명확하지 않거나 불분명한 의욕이 생기게 하는 것에 정확하게 응답하는 것, 그게 실력이고 본질이다. 옌스 바이드너의 《나는 단호하게 살기로 했다》에서는 단호하고 매운 전략가가 되라고 주문한다. 청양고추보다 80배 넘게 매운 맛을 자랑하는 브라질산 초콜릿 브라운 아바네로까지 가지 않아도 적어도 나이가 들수록, 직급이 높아질수록, 보이지 않는 책임에 대한 강한 책임감을 갖는 게 중요하다. 그렇지 않으면 사이비이고 가짜다.

　직장에서 단호한 태도를 발휘해 본인의 목표를 이루고자 한다면 도덕관념과 사회의 기대 등 마음의 저항에 맞서야 한다. 처음에는 힘들겠지만 그 과정은 선한 목표를 위해 나아가는 것이므로 충분히 노력할 가치가 있다. 공익을 해치지 않고 자신의 의지를 전달하는 건설적이고 전략적인 공격성은 조직이나 소중한 것들의 파괴가 아닌 유지에 기여한다. 당신이

소중해하고 지키고자 하는 것들을 유지하는 힘이 된다.[29]

　책을 읽을 때도 마찬가지다. 이견에 설득되지 않을 경우 책을 덮고 숨을 고른다. 계속 째려보고 곱씹어보고도 납득할 수 없다면 나와 의견이 다르다는 걸 인정하고 받아들여야 한다. 하지만 '노'의 입장은 쫀쫀하게 유지해야 한다.

　예전에 읽었던 인구학자 조영태의 《정해진 미래》, 우스갯소리로 북녘에서도 두려워한다는 남측 사춘기 소년을 키우고 있는지라 책을 읽다가 서울대 교수 저자 본인의 학습법이나 교육법을 이야기하는 부분에서 눈이 번쩍였다. 저자는 우리가 아이를 입시지옥의 외길로 몰아넣는 것이 과거의 기준에 맞춰져 있기 때문이라고 봤다. 미래를 보면 사교육은 필요 없는 지출이며, 그 돈으로 다른 활동을 하는 것이 더 합리적이라는 그분의 생각에서 화들짝 놀랐다.

　학부모들이 자녀를 교육할 때 미래의 사회적 환경이 아니라 자신이 겪어본 과거와 현재의 환경과 조건을 기준으로 생각하는 한 불안함은 어쩔 수 없다. 그러나 아이들을 위한다면 뜨거운 사랑 못지않은 냉철한 판단 또한 필요하지 않을까. 초등학생 자녀의 대입 혹은 대졸 이후의 삶을 설계하면서 현재의 대입 경쟁률과 대졸자의 삶을 염두에 둔다는 것은 그 자체로 모순 아니겠는가. 특히 '경쟁에서의 생존'을 생각한다면서 '경쟁자의 크기'를 염두에 두지 않는다는 것은 말이 안 된다. 아이의 성공을 위해서라도 지금의 사회적 잣대와는 전혀 다른, 미래사회를 보는 새로운 잣대가 필요하다. [30]

내 생각은 달랐다. 현재의 입시 교육이 수능 성적, 내신에 집중하고 있지만, 성적만을 올리는 교육이 세상 어디에 있던가. 예를 들어 학원에서 어려운 단어를 외우고 입에 붙을 정도로 익히며 고차 방정식을 포기하지 않고 풀다 보면 끈기와 집념이 생기고 문제해결 능력도 배울 수 있는 것 아닌지. 한 가지 목적을 향해 쏟았던 노력과 열정에 대한 경험의 기억이 있다면, 앞으로 공부가 아닌 그 무엇을 해도 좋은 밑천이 될 거라고 본다. 그렇다면 입시 교육을 위해 들어갔던 에너지와 시간, 돈은 그만큼 가치가 있는 거 아닌가.

카스 R. 선스타인의 《왜 사회에는 이견이 필요한가》에서 설령 개인의 의견이 사회의 지배적인 의견과 다르다 하더라도, 개인이 옳다고 생각하는 것을 이야기하고 그에 따라 행동하는 것이 사회 전체의 이익에 도움이 된다고 했다. 안도의 한숨… 그래, 나는 책을 읽고 그에 잘 따르는 중일지도 모른다. 더불어 효율적으로 작동하는 사회라면 구성원들이 무조건적으로 동조하지 않고, 더 활발하게 이견을 제기할 수 있도록 노력을 기울이기 마련이다.

그렇다면 나는 쏠리는 편인가, 이견을 내는 편인가. 나이가 들면 들수록 벽에 가로막힐 때마다 침묵이나 가래 끓는 '음…'으로 일관하는 경우가 많아지는 것도, 일생이 모난 돌처럼 두들겨 정 맞았기 때문에 더 이상 마모될 머리도 없다는 것, 이것 역시 사실이라는 시덥지 않은 변명을 해본다.

그럼에도 불구하고 '노'가 필요할 때마다 당당히 '노'를 외친다. 물론 '노'를 뒷받침해줄 대안이 있으면 더 좋다. 광야에서 나 홀로 비바람 다 맞는 일이 있을지라도 아닌 걸 아니라고 하지 못한다면 왜 책을 읽고 배우고 성장하려 애쓰겠는가. 이런저런 의문을 품어보면서 고단한 한 주를 마감한다.

2부

달라지기 위해
독서

장인정신에 압도된 월요일

김영건,《우리는 책의 파도에 몸을 맡긴 채》, 어크로스

김영건의 《우리는 책의 파도에 몸을 맡긴 채》를 읽으며 이런 글맛이 있구나 하고 생각했다. 보는 내내 놀라면서 저자의 나이를 보고 또 화들짝했다. 농익은 감정은 나이를 불문한다. 66년간 속초에서 3대가 운영하는 동아서점 사장님인 저자의 필력에 압도되어 숨도 고를 겸 눈을 잠시 감았다. 쏴아 파도소리, 끼룩 갈매기 소리에 먹이 준다고 새우깡 부지런히 뜯는 환청이 들린다. 월요일, 짙은 감동의 파도가 밀려온다.

저자는 삶의 거의 모든 부분에서 도움을 받기 위해 책을 읽었고 스스로의 문제를 해결하고 싶을 때도, 서점에 드나드는 많은 사람과 소통하고 그들을 이해하기 위해서도 언제나 책이 필요했다고 했다. 꽤나 인상 깊었던 것은 다름 아닌 이 책에 대한 정의였다. '이 책은 책이 한 사람에게 얼마나 깊이 영향을 미칠 수 있는지에 대한 어느 서점 주인의 자기 실험 보고서이자 생활문이다.' 책을 사랑하는 진심을 넘어 일종의 장인정신이 느껴졌다.

무언가를 긁고 새기는 행위가 글과 그림의 기원이라면, 그런 흔적과 자국을 남기는 행위가 근본적인 차원에서 누군가를 향한 그리움의 표현일 수도 있다는 견해다. 더 잘하고 싶어서, 더 좋은 사람이 되고 싶어서 불 꺼진 서점에서 써 내려간 일, 삶, 사람에 대한 각별한 애정의 말들.[31]

현재 기술의 흐름이나 트렌드의 존속 기간이 고작 1~2년밖에 되지 않는 이런 혼미한 세상 속에서 대를 이어 꾸준히 서점을 경영하고 책을 고르며 글을 쓰는 저자의 묵묵함과 진득함, 그 자체만으로도 위안이 된다. 그렇다면 우리 시대가 원하는 꾸준함이란 무엇일까. 일단 자기가 맡은 바 일을 지속하는 것이 첫째일 것이다. 그것의 전제는 다름 아닌 몰두의 욕구, 바로 일을 잘해내려는 욕망이다.

몰두하려면 무언가에 확실히 집중하는 능력을 지녀야 한다. 더불어 몰입하면서 옆을 볼 줄 아는 겹눈이 있어야 한다. 그리고 닫히지 않은 말랑한 마음을 바탕으로 한, 자기가 맡은 일의 좋은 결과를 위해 수정하고 고칠 줄 아는 유연성. 저자의 경우엔 대학 졸업 후 공연기획 홍보를 하고, 책자를 만들고 보도자료를 작성하다 9년 만에 아버지의 서점을 이어받았다고 한다.

겹눈으로 세상을 똑똑히 마주하고 겪었던 그 경험들이 방향을 틀어 그를 서점으로 이끈 건 아닐까. 시대에, 상황에, 흐름에 휩쓸리는 게 아니라 몰아치는 파도를 나만의 리듬으로 넘고 있는지, 나의 실존을 되돌아보게 만들었다. 사람과 세상을 더 잘 이해하고 알아가기 위해 인내의 강을 건너 책의 세계에 살고 있는 저자와 같이, 나는 그렇게 책을 읽고 일상을 살아내고 있는 걸까. 이런저런 생각에 장인정신까지 더해지니 현타가 온다.

32.6도, 어느 여름 초입,
생태적 삶에 보탠 하루

우종영,《나는 나무에게 인생을 배웠다》, 메이븐
나태주,《너와 함께라면 인생도 여행이다》, 열림원

32.6도.

난데없이 푹 찌는 날씨를 겪으니 싱그럽고 푸르르고 청량했던 우종영의《나는 나무에게 인생을 배웠다》가 떠올랐다. 개인적으론 여름 최고의 책이라고 칭하고 싶다. 이 책 덕분에 생태적 삶에 대해 생각했던 거 같다. '생태적 삶'이라고 해서 별다른 게 없다. 자연 속에서 걷고, 동식물을 사랑하며, 다른 사람과 함께하고자 하는 것. 왜냐하면 '생태계'의 중요한 특성은 '상호의존성'이니 말이다. 모든 생명체는 상호의

존성에 의해 성장하고 발전한다.

집 근처에 흐르는 천을 따라 모 종합사회복지관 근처까지 갔다가 돌아오면 얼추 5킬로미터가 된다. 주말마다 걷는다. 마스크 너머로 퍼지는 들숨과 날숨 그리고 풀과 나무 향기. 두루미 몇 마리와 작은 새들이 햇빛에 반짝이는 여울물과 모래톱 근처에 노니는 모습에 진득한 평화로움을 느낀다.

1년 중 꽃이 가장 많이 피는 계절이 여름이란다. 꽃창포, 패랭이꽃, 금강초롱꽃, 엉겅퀴부터 맥문동, 수국, 백일홍, 라벤더, 연꽃, 해바라기 등 형형색색의 여름 꽃이 곳곳에서 아름다운 자태를 드러낸다. 탄천 여울가 모래톱에 서 있는 고고한 두루미까지 편안함과 아늑함을 준다. 이게 바로 생태적 삶이 아닐까.

자연처럼 우리네 삶도 자기극복과 자기실현의 과정일 것이다. 모든 생명은 무릇 부족한 것이 있기 마련이고 부족한 것을 채우려고 극복하는 과정이 바로 '생명의 삶'에 있다. 그럼, 생명들의 보고인 숲이나 천은 그 본질을 어떻게 찾을 수 있을까? 아시다시피 나무와 풀과 꽃은 주어진 환경을 극복하기 위해 최선을 다해서 살아간다.

앞서 언급한대로 꽃이 가장 많이 피는 계절이 여름이고,

피어나는 여름 꽃들은 색과 향으로 벌과 나비가 찾아와 수정
을 하도록 자신을 바꾸기 마련이다. 주로 눈에 안 띄게 헛꽃
을 만들어 벌과 나비를 부른다. 식물들의 이런 애씀을 보고
있노라면 '신비롭다'는 말이 절로 나온다.

나무하면 나태주의 〈서점에서〉가 떠오른다.

> 서가 사이에서 서성이는 건
>
> 나무와 나무 사이에서 서성이는 것
>
> 책장을 넘기는 것은
>
> 나무의 속살을 잠시 들여다보는 것
>
> 기가 막히지 않은가.[32]

속이 답답해 터질 것만 같은 날에는 자작나무가 있는 인
제까지 아니더라도 그 비스무리한 곳 아무데나 들어가, 숲이
아니라 나무 하나하나를 보면 어떨까. 나무 하나하나의 이야
기를 더한 것이 숲이니 말이다. 세상을 변하게 하고 싶으면
그 세상을 보지 말고, 세상 속에 속한 나를 먼저 보자. 내 변
화를 일궈야 세상의 변화가 비로소 시작되니 말이다.

분명한 건 고정된 것은 없고 고일 수 없으며 결국 흘러가

고 바뀌게 되어 있다. 그러고 보면 나는 지금 흘러가고 있는
가. 멈춰 있는가. 흘러간다면 어디로 향해 가고 있는가. 얼마
전 소식을 전해들은 옛 직장 선배는 외국계 회사의 지점장이
되었고, 아는 언니는 알 만한 회사의 중역이라는데 이렇게들
저 멀리 날고 기는데 나만 정체된 것은 아닌지, 자꾸 내가 디
딘 땅을 보게 된다. 내가 서 있는 이곳은 아슬아슬한 벼랑 끝
이 아닌지 말이다.

　돌이켜보면 난 늘 경계인이었다. 아수라판에서 사력을
다했고 고군분투했지만, 하늘에서 뚝 떨어진 외계인 같은 신
분은 지금도 별반 다를 게 없었다. 언제부터인가 운명으로
받아들였다. 게임을 좋아하진 않지만, 이 판을 깨야 다음 세
상으로 나갈 수 있다는 절박한 심정으로. 그 덕분에 이것만
은 선명해진다. 죽을 만큼 힘든 건 영원하지 않다는 것. 경계
에 서면 익숙한 것도 없고, 늘 새롭다. 오늘의 후덥지근함과
내일의 무더위는 분명 다르다. 그 다름을 매번 느끼고 알아
야 하는 숙명이니 피로하다. 그러나 자꾸 하다 보니 이골이
나 견딜 만하다. 일단 격동의 변화 속에서 새로운 틈을 찾으
며 계속해서 배우고 실행하는 수밖에. Be alert! 나를 미러링
할 수 있는 나의 독서!

그저 그런 삶은 없듯이

박규옥, 《싸가지 없는 점주로 남으리: 쿨하고 소심한 편의점 사장님》, 몽스북

댄 애리얼리, 《루틴의 힘》, 부키

장기하, 《상관없는 거 아닌가》, 문학동네

교보문고의 책 향, 러쉬의 비누 향, 이니스프리의 숲 향만큼 나의 최애 향은 전 직장 앞 모 카페의 갓 로스팅한 커피 향이었다. 사장님께 로스팅하는 시간을 꼭 알려달라고 했을 정도로 그 향만 맡으면 묵은 스트레스가 한 번에 싹 달아났다. 나는 시각보다 후각에 예민하다. 보이는 것은 금방 잊고 맡은 향은 오래간다. 나만 그런 줄 알았더니, 실제로 인간의 감정을 결정하는 건 75퍼센트가 후각이란다. 어떤 책에서는 진짜 사람들 향기가 폴폴 나 열광하게 된다.

흥미롭게 본 박규옥의《싸가지 없는 점주로 남으리: 쿨하고 소심한 편의점 사장님》, 작가는 인문학을 전공한 박사인데 내가 예전에 살았던 곳 근처 오피스텔에서 편의점을 경영하고 계신다. 편의점의 모토가 억지로 친절하지 않으려 한다는 것. 사이다를 들이킨 것처럼 속 시원했다. 말도 안 되는 것들로 떼쓰는 민원인들에게 감정을 숨기고 최대한 친절하게 대해야 한다는 것에 중압감을 느끼고 있던 차라 대리만족을 했다. 겨자 향, 와사비 향, 마라 향 같은 매콤한 향 솔솔 나는 이리도 생생하고 팔딱거리는 이야기는 참으로 오랜만이었다.

나는 친절을 팔지 않는다. 찾아주는 고객 모두에게 감사한 마음을 늘 장착하고 있는 내 친절을 돈으로 계산하려는 얄팍한 자본주의자들에게는 돈을 줘도 안 파는 것뿐이다. [33]

우리나라에서 경제활동을 하는 사람들 중 20퍼센트가 자영업자들인데 생활인 에세이는 주로 변호사, 의사 등 전문직과 유명인에 편중되어 있다. 그러니 다양한 사람들의 진심이 담긴 책들을 귀히 여기고 갈급할 수밖에 없다. 주위 사물 하나하나를 쉬이 놓치지 않고, 자신만의 법칙으로 세세히 바라보며, 때로는 투덜거리지만 전체적으로 묵묵하게, 진득하게 견디어내는 삶을 마주할 때마다 현재의 나를 돌아보게 된다.

댄 애리얼리의 《루틴의 힘》에서 세스 고딘은 실천이 곧 전략이고, 습관을 통해 자신의 기술을 전문화하라고 했다. 누구든 뭔가에 대해 소명의식을 지니고 꾸준히 지속할 때, 현실에 치여 이리저리 흩어지지 않고 갈 수 있다. 알고 보면 누구나 그런 힘을 조금씩 갖고 있지 않나? 기왕 잡은 거 놓지 말고 나름의 전략을 가지고 묵묵히 붙들게 되는, 싸가지 없어도 된다고 당당히 말할 줄 아는 점주님처럼 말이다.

아마추어는 일희일비하고, 프로는 총욕약경, 즉 나와 관련된 총애나 욕됨에 얽매이지 않고 올바르게 자신의 삶을 살아간다는 '도덕경 13장'이 문득 생각난다. 프로는 좋은 일이 생기든 나쁜 일이 생기든 같은 강도로 놀라고 긴장한다는데 검색창에서 찾은 의미에 때론 더 압도된다. 평범한 사람은 사소한 총애와 모욕에도 놀라지만 사물의 도리에 정통한 사람은 그런 것을 경계한다는 뜻으로 총애와 모욕을 초월하는 걸 비유적으로 이른 말이라고 한다. 결국 총애와 모욕, 두 가지를 초월하라는 고도의 득도가 요구된다.

《상관 없는 거 아닌가》를 출간했던 가수 장기하는 어느 프로그램에 나와 다시는 에세이를 쓰지 않겠다고 했다. 너의 이야기나 나의 이야기나 다 그저 그런 거 아니냐고. 그저 그런 평범한 일상이란 없다. 어떻게 매일 반짝이고 싱그럽나 싶다가도 휘몰아치는 소용돌이 같은 삶 속에서 촘촘한 일상들이 모여 하나의 우리가 되기도 한다. 선량하고 정의로운 방향 감각을 가지고 총애와 모욕을 초월하는 것은 쉽지 않은 일이다. 그래서 저마다 그저 그럴 수 없는 거다.

큰 기대 없이, 큰 낙심 없이 묵묵히 견디어내는 모든 이들에게 장대비 말고 축복을!

삼라만상 모래성 같은

노은주 · 임형남,《도시인문학》, 인물과사상사

37년 노포 '을지면옥'이 역사 속으로 사라졌다. 마지막 냉면 한 그릇에 아쉬움을 토로하는 사람들도, 울고 간 사람들도 있다고 한다. 재개발 사업을 중단시키고 약 40년 전에 지은 벽돌집을 끝내 보존해야 할 가치가 있는지… 그것이 다른 상점과의 형평성에서 어긋나는 건 아닌지 이성적으로 생각하는 것을 제쳐두고, 오래되면 부수어 버리는 게 답이라고 생각하는… 우리의 지혜라는 게 그 부수어 버림과 닮지 않았는지. 삼라만상 모래성 같다는 생각을 문득 하게 되었다.

노은주, 임형남의 《도시인문학》에서는 2003년 미국의 공습 때 안타깝게도 파괴된 이라크 바그다드 도서관 '지혜의 집'을 예로 들어 설명한다. 꼭 물리적인 공격으로 생각하기 이전에 하이테크놀로지든 고급 정보든 트렌드든 이런 것들이, 우리가 축적하고 있는 지혜의 성을 파괴하는 일종의 크고 작은 자극들이 아닐는지. 결국 지혜라는 것이 없는 것, 혹은 있음과 없음의 경계를 뛰어넘는 것이라고 해도 그 한계를 알면서도 계속 쌓아올리는 노력, 미련하긴 해도 가장 인간다운 여정인지도 모르겠다. 우리의 독서도 그럴 것이다.

　　새로운 걸 온전히 맞이하려면 오래되고 낡음을 끝내버려야 한다. 지나간 것은 다시 돌아오지 않는다는 것을 우린 안다. 돌이켜보면 그동안 절대로 바뀔 수 없다고 생각했던 일이나, 이보다 나은 게 없어 보였던 지혜나 가장 최고라고 불리던 사람이 없거나 부족해도 결국 세상은 잘 굴러갔다. 그러고 보면 관례란 별것 아니다. 그게 없어도 자의 반 타의 반 물 흐르듯 부드럽고 자연스럽게 흘러가게 되어 있다. 뭐니 뭐니 해도 초절정 고수는 자신의 것을 주장하지 않고, 유연함이 빚은 여백의 하이테크도 구사할 줄 안다. 부족한 부분을 귀신같이 알아서 채우고, 나중에 덜어내고 싹 비워내는.

비움과 채움의 균형을 찾아가면서 제대로 익어가는 건 어려운 일이다. 비움과 채움의 때와 정도를 아는 어른 그리고 선배가 되고 싶다. 멈춰야 할, 자리를 비켜줘야 할 그때, 한 발 물러날 수 있는 쿨함과 질척거리지 않는 담백함의 지혜. 나는 그 지혜를 얼마나 갖고 있나. 언제까지 연마해야 하는가. 도돌이표 같은 물음을 다시금 던져보게 된다.

며칠 전 처음 만난 분이 내가 일하고 있는 곳의 이야기를 듣고서 "너무 힘드시겠어요. 그곳이야말로 위기관리의 끝판왕 아닌가요?"라는 말을 해주었다. 술렁이는 내 마음에 이 말이 제대로 박혔다. 집으로 오는 내내 위안 같은 게 찾아왔다. 모르는 누군가도 내 힘듦과 노고를 알아준다는 안도감도 함께. 전 직장, 그 친정 같은 회사에 눌러앉아 비슷한 사람들과 복닥거리며 지금껏 일했으면 그럴싸한 인생이었을 것이다. 허나 내 나름대로의 도발이 퇴사로, 이직으로 이어졌다. 내 사전에 후회 따위 없었다.

재직 중 휘몰아쳤던 전쟁 같은 일상에서 정신줄을 부여잡으며 책 읽고 사색하고 폭풍 같은 마음을 다스릴 줄 아는 것 또한 소중하고 귀한 경험이었다. '끝난다'는 건 '끝에서 난다'는 뜻으로 끝에서 둥근 새로운 시작이 나온다는 말이다.

출발이 있으면 마침이 있고 끝이 있으면 또 다른 시작이 있고 적응이 있다. 모든 게 그러하리. 이로 인해 겹눈을 가지고 처음 보는 바깥을 사유하자.

세상 모든 일엔 완벽한 단점도 장점도 없다는 기막힌 진리를 깨닫는다. 내일은 수년간 가까이에서 모셔온 보스의 퇴임식이다. 마무리와 새로운 출발을 겸허히 목도해야겠다.

흐린 날, 더 유연함을 사랑하는

셀린 벨로크,《괴로운 날엔 쇼펜하우어》, 자음과모음

하지현,《정신과 의사의 서재》, 인플루엔셜

"나 아니면 절대 안 돼."

내 주위 일잘러들로부터 역사와 전통을 자랑하며 무수히 많이 들어왔던 말, 그 잘난 분들께서 이 세상엔 절대라는 게 없음을 당연히 알면서도 습관적으로 저 말을 하겠거니 생각했다. 그러다가도 궁금했다. 진짜 그렇게 생각하는 건지, 그렇다면 그 연유는 무엇인지, 혹시 자기최면을 거는 건 아닌지. 잘 생각해보자. 타인에게 인정받고 존경받는 건 결국 내가 하는 게 아니다. 나에게 부여된 명예도 마찬가지. 타이틀을 주고, 주지 않고의 주체는 내가 아니다. 전적으로 타인에게 의존해야만 한다.

셀린 벨로크의 《괴로운 날엔 쇼펜하우어》에서 인간은 인간에게 늑대라는, 호모 호미니 루푸스라는 말처럼 동물세계에서 유독 드러나는 생존 투쟁은 인간에게도 적용된다고 했다. 그래서 쇼펜하우어는 인생은 비용이 더 들어가는 비즈니스라고 했다. 인정받기 위해 혹은 살려고 투쟁하는 모든 것에는 피로 누적이나 탈진이라는 비용적 측면이 발생하기 마련이니 말이다. 고통이나 괴로움, 이것들을 올 테면 오라고 말하면서 그는 밸러스트를 예로 들었다. 밸러스트는 배를 무겁게 하지만 반드시 배에 쌓아야, 배가 뒤집히지 않고 정해진 항로를 가게 해주기에 꼭 필요한 것이니 말이다.

고통이여, 괴로움이여 와라. 마치 밸러스트가 배를 무겁게 하지만 반드시 배에 밸러스트를 쌓아야 배가 전복하지 않고 정해진 항로를 가듯, 보다 우월한 초월 의지를 자기 내부에서 발휘하기 위해서는, 그래, 그것이 있어야 한다.[34]

무게의 추를 잘 가늠해야 하는 게 우리의 평생 과제다. 그러려면 타인과 나 사이의 균형점을 정확히 알고 자신의 페이스를 조절하는 게 무엇보다 중요하다. 물론 적당한 관심과 사랑을 받기 위해 노력하는 건 본인 성취나 개발에 나쁘지 않지만 정도가 심해지면 인정 감옥에서 평생 진저리를 치며 살아야 한다. 그래서 나는 나란 개체성에 몰입하지 않고 스스로를 옥죄는 끈을 조금씩 풀려는 노력을 지금 하고 있는 중이다. 근사한 내 이미지를 만들고 살찌웠던 에고를 지금 내리는 비에, 슬슬 흘려보내고 말이다.

하지현의 《정신과 의사의 서재》에서 저자는 다독을 한다고 해도 책읽기로 어떤 걸 정확하게 알 수 있다고 말하기 어렵다는, 소극적이고 조심스러운 입장을 밝혔다. 내 두 눈으로 꼭꼭 씹어 먹어도 소화하기 어려운 독서도 이 정도인데, 조직에서 남과 합을 맞춰 하는 일에서 '절대'나 '완벽', '100퍼센트'로 일하는 건 비현실적이다. 그래서 마음속에 새긴다. 정수만 남겨두자고. 커피로 예를 들자면 에스프레소 원액만 잘 만들면 된다. 얼음과 물 넣고 아이스 아메리카노로 만들든 우유와 휘핑크림을 넣든 그건 추후의 일.

경우에 따라 정독을 해야 할 때도 있지만, 나는 기본적으

로 다독을 한다. 넓게 펼쳐진 저인망 독서에 대한 불신과 반감을 만든다. 나도 충분히 알 수 있는 일이라는 감정적 인식의 밑거름이 되는 것은 이런 스낵 같은 단편적인 정보들이다. 아무리 많이 모아도 어느 수준 이상 깊어지지 못한다. 표면 밑의 복잡함을 인식하고 숙고해보는 성찰(refection)을 하기 어렵다. 내가 생각하기에 독서는 표피적, 감성적 수준의 '안다'에서 성찰을 동반한 '알 것 같지만 잘 모르겠다'는 조심스러운 통찰로 진행하는 정도(正道)라고 믿는다. 그리고 여기에는 당연히 어려움이 따르고 어느 정도의 노력이 필요한 일이다.[35]

이번 주는 번개가 치고 폭우도 오고 우르르 쾅쾅 마음이 심란해서 내려놓기의 지혜가 절실하다. 이럴 땐 나만의 동굴이 필요하다. 땅 속으로 기어간다 생각하고 이불 뒤집어쓰고 비 소리 들으면서 독서하는 게 어떨까. 문득 혼자 출장 갔던 비에 젖은 파리가 생각난다. 자그마한 창밖으로 홀로 보던 에펠탑, 매캐한 냄새 폴폴 지하철, 주린 배를 움켜쥐고 베어 물던 딱딱한 바게트, 하루 종일 우리 말이 하고 싶어 근질거렸던 입으로 혼자 낭독을 했던 책이 뭐였지, 하고 생각해 본다.

꼰대 탈출을 권하는 독서

서제학, 《선 넘는 거, 습관이시죠?》, 필름
고야마 노보루, 《사장의 말 공부》, 리더스북

꼰대의 기준을 아는가. 2019년 영국 국영방송 BBC는 오늘의 단어로 '꼰대Kkondae'를 소개하며 '자신은 늘 맞고 다른 사람은 틀리다고 하는 나이 많은 사람'이라고 풀이했다. 나이가 많고 적음을 떠나 변화에 동조하지 않거나 극렬히 거부하는 사람들을 나는 꼰대로 명명했다. 서제학의 《선 넘는 거, 습관이시죠?》에서는 상대가 알고 싶어 하지 않는 것까지 알려주는 것이 꼰대라고 했다.

이 말에 마음이 기운다. 모름지기 특히 성인에게는 허락을 걸 꼭 받고 가르쳐야 한다. 쓸데없는 오지랖, 과한 참견은 지양해야 한다. 그 시간을 아껴 나에게 오롯이 집중해 사유와 성찰을 기본으로 한 겸손만이 바람직하리라. 고야마 노보루의 《사장의 말 공부》에서 우리가 배울 상대는 예전의 경험을 답습하는 상사가 아니라 결국 고객과 경쟁자가 있는 현재의 마켓이라는 것도 같은 맥락이다. 분명한 것은 고정된 것은 없고 고일 수 없으며 결국 흘러가고 바뀐다는 것이다. 경험이란 사람마다 다를 수밖에 없고, 공통분모와 같은 경험이 있더라도 사회 변화와 함께 변해간다. 그것도 엄청나게 빠른 속도로. 그래서 현상 유지는 후퇴다.

"회사 일을 누구한테 배웠습니까?"라고 물으면 많은 사람들이 '상사'라고 대답한다. 그렇다면 그 상사는 누구한테 일을 배웠을까? 상사의 상사일까? 그렇다면 상사의 상사는 누구에게 일을 배웠을까? 상사의 상사의 상사? 아니다. 우리가 일을 배우는 상대는 상사도, 사장도 아니다. 정답은 '시장'이다. 시장에는 고객과 경쟁자 밖에 없다. [36]

몇십 년 전에 받았던 라떼교육이나 학위보단 결국 평생

교육이 중요하다. 그래서 나는 꼰대들이 내게 졸업한 학교와 학번을 물을 때마다 멈칫한다. 그때가 고인돌 시대같이 까마득하다. 어제 일도 기억이 가물하긴 한데 졸업한 지 무려 20년 가까이 되었으니! 묻는 그들도 대학 졸업 이후로 배움의 이벤트가 멈춰져 있을 가능성이 높다. 실제로 오래전에는 평생 멈춤이 가능했다. 연 8퍼센트의 고성장 시대, 행운의 586세대가 특히 그랬다. 보고 듣고 배우는 것을 졸업 후에 담쌓아도 일평생을 그것을 우려먹었지만 지금 세상이 어디 그렇게 녹록한가.

가장 중요한 건 어떻게 해야 늘 변화하면서 살 수 있는가, 어떻게 해야 내가 모른다는 사실을 직면하며 살 수 있는가, 일 것이다. 그래서 다시 책이다. 핸드폰 내려놓고 책만 읽으라고 강조하진 않겠다. 듣는 사람의 상황을 고려하지 않고 주입식으로 강요한다면 이 또한 꼰대가 아니고 뭐겠는가.

우선 직무 멘토링을 원하는 동료, 후배들에겐 연관성 있는 글쓰기, 마케팅, 기획 관련 책들을 추천하곤 한다. 감당 가능한 정도를 살펴보고 커뮤니케이션, 리더십, 인문학 책도 살짝 권한다. 토론까지 함께하면 좋을 것 같아 다양한 세대들, 소속들이 함께 만나 이야기를 나눌 수 있는, '북클럽' 같은 모임들도 추천한다.

주의해야 할 점은 지치지 않게, 질리지 않게 하는 것이다. 어차피 독서는 장기전이므로, 강약 조절을 해야 한다. 책을 대하는 태도에 차분함과 진심을 담아 아드 폰테스Ad fontes, 다시 기본으로. 오늘보다 덜 아는, 오늘보다 덜 읽는 나는 앞으로 없다. 살아도 살아도 모르는 것이 한가득이다. 최대한의 자신을 위한 진짜 독서를 하자.

자탄

나태주

깨달은 사람이 아닌 것이
얼마나 다행스런 일인지 몰라
깨닫지 못한 사람인 것이
얼마나 더 좋은 일인지 몰라

만약 내가 깨달은 사람이었다 생각해봐
이 세상 모든 걸 알고 있는 사람이었다면
세상 살맛 꽝이지 뭐야
그건 얼마나 재미없는 일이겠냐 말야

살아도 살아도 모르는 것 천지

읽어도 읽어도 산더미같이 쌓이는 책들

아, 만나도 만나도 정다운 사람들

이 무진장, 무진장의 재미

나한테 당신!

당신한테 나! 37」

1밀리미터라도 달라지고 싶다면

마쓰오카 세이고, 《창조적 책읽기, 다독술이 답이다》, 추수밭

싫증 잘 내는 내가 좋아하는 건 다름 아닌 변화다. 자질구
레하고 미세한 변화도 대환영이다. 예를 들어 오밤중에 커피
를 맛있게 마셔 도무지 잠이 오지 않는다면 다음날 새벽 5시
에 일어나야 할지라도 전기요에 배 깔고 엎드려서 책을 보는
시도 같은 것. 지난 주말에 그랬다. 난생 처음 오디오북으로
한 권을 꼬박 다 들었다. 책을 넘기는 그 물성과 촉감이 좋아
서 여태 오디오북은 쳐다보지 않았다. 근데 이게 웬걸? 설거
지 그릇의 뽀드득 소리와, 청소기 윙 소리를 뚫고 나온 나긋

나긋하고 정돈된 성우의 목소리. 상당히 매력적이었다. 앞으로 자기 전에 나에게 들려주는 자장가라고 생각하고 잠을 청해야겠다고 다짐했다.

변화를 실행하려면 단단한 알에 조그마한 흠집을 내는 것부터 시도해야 한다. 그런 변화들이 모여 혁명이 되고 새로운 세상이 온다. 나에겐 혁명이란 말이 와 닿지 않고 늘 쓰는 생활언어 같지 않으며 저세상 외계어 같다…. 뱃살이 신경 쓰여 운동을 하고 싶다 치자. 생활습관 하나도, 바꾸기 힘든 게 본디 인간이다. 퇴근 후 고된 몸 드러눕고 싶은 게 본성이고 관성인데 어디 윗몸일으키기 하나가 쉬울까. 인간이란 고쳐 쓸 수 없다. 그래, 내키지 않은 혁명보다 온건한 변화라고 치자.

주변인들이 물어본다. 시간이 남아서 밤낮으로 책을 보냐고, 눈이 아프지 않느냐고. 그럴 때마다 답은 하나다. 시간이 남지도 않을 뿐더러 눈이 아프더라도 마음 아픈 것보다, 가만히 정체되는 것보단 훨씬 낫다고. 분명히 말하지만 시간과 독서의 상관관계는 적어도 나에게 무관하니 만약 이 글을 보거든 더는 묻지 말아주면 좋겠다. 사람은 지극히 민감하고 지극히 가변적이라 너무 몸을 힘들게 해서도 안 되고 너무

편하게 해서도 안 되지만, 독서 테라피만큼 유효하고 온건한 처방은 없다고 생각한다.

마쓰오카 세이고의 《창조적 책읽기, 다독술이 답이다》에서 내린 독서의 정의가 꽤나 인상적인데 독서를 하면 운하가 뚫리는 듯하며, 납치당하고 싶다고 한다. 어떻게 이런 표현을 쓸까 하고 보니 저자는 온라인에 매일 밤, 한 권씩 독서 감상문을 올리는 프로젝트를 했다고 한다. 무려 1천 권을 목표로 시작한 이 작업은 일곱 권의 방대한 저술로도 출간되었다. 저자는 읽는 변화부터 출간의 대단한 혁명까지 과감히 이뤄냈다. 패션이고 운하고 납치라는, 책과 거리가 멀 것 같은 단어들을 골라 엎어가면서 독서를 표현하는 내공은 그리 쉽게 나오는 게 아니다.

책도 '그래, 바로 이거야! 이걸 읽고 싶었어.' 하고 느껴질 때가 있습니다. 그러나 어떤 책에서 이런 느낌이 들지는 전혀 알 수 없습니다. 그렇지만 자신의 마음에 드는 책을 만나면 그것은 정말 '일기일회'이기 때문에 그 만남 자체에 감사합니다. 그렇게 만난 책을 기점으로 드디어 새로운 경로가 생깁니다. 말하자면 운하가 뚫리는 것입니다. 그것을 저는 '운하

뚫기'라고 부릅니다. 그 운하를 따라 흘러가다가 댐을 만나 잠시 쉬다 보면 거기서부터 또 새로운 발견이 일어납니다. 이 '운하 뚫기'는 책을 읽고 있으면 아주 빈번하게 감지되는 '루트감각'입니다. 잘 알지 못하는 운하의 수로를 책과 함께 항해하고 있다는 느낌이 듭니다. 그러면 더 이상 멈추고 싶다는 생각이 들지 않습니다. 이것은 이른바 '책에게 납치당하고 싶다'는 느낌입니다. '별스런 사람에게 끌려가고 싶다'라는 것입니다.[38]

변화라고 해서 움찔할 필요는 없다. 두려움, 부담감을 내려놓아도 된다. 더 자유로워도 무방하다. 예전에 읽을 생각조차 하지 않았던 새로운 장르의 책을 펼쳐보거나, 카페에서 음악 대신 오디오북을 듣거나, 퇴근 후 새로운 책 모임으로 관계를 맺거나 독서란 처방을 통해 잠겨 있던 생각과 마음을 열어가는 그런 변화. 바깥에서는 폭염경보가 사정없이 울리는데, 마음은 계절 변화와 무관하게 스산하기 이를 때 없을 때, 단 1밀리미터라도 새로운 걸 느끼고 싶다면 책 테라피로 마음을 어루만져 보자. 오늘부터!

알바몬의 독서

김세유, 《나를 위한 오늘의 문장》, 이너북

김도영, 《기획자의 독서》, 위즈덤하우스

사무실을 옮긴 지 어느덧 나흘째, 밖에 나가기가 왜 이리도 귀찮을까. 출근할 때 약 1500보 걷는 그 찰나 같은 순간에 땀이 주르륵. 그래서일까. 모든 걸 꼼짝없이 한곳에서 다 해결하고 퇴근해 지친 몸을 이끌고 가는 것에 익숙해져 버렸다. 오늘도 어김없이 주린 배를 움켜쥐고 점심시간 내내 엎드려 오디오북을 들었다. 여름 더위를 피하는 피서에 귀 호강까지 하니 무릉도원이 따로 없다고 되뇌며 오후를 맞는다.

사실 비워내야 하는 건 배가 아니라 꽉 차 있는 내 머리

속인 걸. 멀찌감치 제쳐둔 것을 이제야 꺼내놓는다. 요즘 온통 들어찬 것은 다름 아닌 스트레스다. 사무실도 바뀌고 그동안 모셔온 보스도 계시지 않고 어색하기 짝이 없는 여러 가지 상황들이 켜켜이 쌓여 비롯된 스트레스다. 스트레스, 이 녀석들을 어떻게 해야 하나 뒤져봤더니 김세윤의 《나를 위한 오늘의 문장》에서 알바몬 훈련으로 극복하라고 한다.

알바몬이란 알아차림, 바라보기, 몬스터 훈련의 앞글자를 딴 말이다. 상황보다 거기에 반응하는 자신의 인식이 문제라는 알아차림, 동전의 양면을 생각해서 이만하길 다행이라는 긍정의 관심으로 주시하라는 바라보기, 지나가는 감정은 내가 아니고 괴물일 뿐이라고 지각하는 훈련을 하면 스트레스가 사라진다고 한다.

우선 '인식', 인식해야 존재하는 것. 내가 스트레스 받는다고 인식하고 도저히 안 되겠다고 깨달아야 행동하는 것이다. 바라보기… 어느 지점에서, 얼마나 거리를 두고 봐야 하는가에 대한 물음이 생긴다. 그전에 몰두와 몰입의 차이를 아는가. 김도영의 《기획자의 독서》에서 몰두는 문자 그대로 머리를 들이밀고 집중해서 그 속을 들여다보는 것이고, 몰입은 그 안으로 들어가 직접 그 대상이 되어보는 것이다. 그렇다면 스트레스를 줄이기 위한 바라보기란 몰입보단 덜한 몰두에 가까울 것이다.

저는 센스가 좋은 사람들은 '몰입'을 잘하는 사람이라고 생각합니다. 일이든 사람이든 혹은 유형의 것이든 무형의 것이든, 그 대상을 가리지 않고 어딘가에 깊숙이 빠질 수 있는 사람이죠. 그런 사람들을 보면 참 부럽습니다. 말장난을 하고 싶은 것은 아니지만 '몰입'과 '몰두'는 한 글자 차이인데 꽤 다른 의미입니다. 몰두(沒頭)는 문자 그대로 머리를 들이밀고 집중해서 그 속을 들여다보는 것을 말하죠. 대신 몰입(沒入)은 안으로 들어가 직접 그 대상이 되어보는 수준에 이르는 것입니다. (중략) 적어도 제 기준에서 일 잘하는 사람은 언제나 '몰입감'이 좋은 사람들이었습니다. 마치 연기를 잘하는 배우 중에 몰입감이 떨어지는 배우는 한 명도 없듯 말이죠. 항아리 속에 머리만 집어넣은 채 몰두하는 사람이 아니라 시공간을 초월할 수 있는 웜홀에 빨려 들어가는 것처럼 아예 그 세계 속에서 살기로 작정한 사람들이 일을 잘하는 사람들이었습니다.[39]

더불어 부수적으로 생기는 걱정, 근심 등 부정적인 감정에 성질을 내며 참지 않고 맞설 것이 아니라 놓아주고 흘려보내는 것. 일체의 사물이나 현상은 존재하지 아니하고 인식되지도 아니하며 아무런 가치도 지니지 아니 한다고 주장하는 니힐리즘은 아니더라도 적당히 잊어버리는 태도가 필요하다. 허나 우리의 감정이 그렇게 곧이곧대로 흐르던가. 스트레스로 인해 불안감이나 조급함을 느끼면 불쑥불쑥 무의식까지 점령되고 집중력을 빼앗길 수밖에.

그런 불상사 전에 깊고 긴 심호흡 한 번에 책을 펼쳐든다. 무거운 머리에서 잠시나마 해방되고 싶을 때 오로나민C 한 병 마신 듯 청량함을 주는 가벼운 책은 어떨까. '책 한 권을 책꽂이에서 뽑아 읽었다. 그리고 그 책을 꽂아놓았다. 그러나 나는 이미 조금 전의 내가 아니다'라는 앙드레 지드처럼 보다 덜 묵직한 새로운 나를 위해, 반복해 구르는 비탈의 눈덩이처럼 오늘도 별일 없이 가기를. 마음을 끓이며 졸이지 말자고 다짐한다. 독서내공으로 그까짓 스트레스는 눈덩이 녹이듯 녹여버리면 그만인걸. 가슴 펴고 대범하게 아찔하게 그렇게.

이것조차 고마워

전승환,《나에게 고맙다》, 북로망스
김지수,《자기 인생의 철학자》, 어떤책
김찬호,《모멸감》, 문학과지성사

대한민국을 대표하는 힐링 에세이라고 광고했던 《나에게 고맙다》는 2016년 출간 이후 30만 부 넘게 판매되었다고 한다. 출간 경험이 있는 나에게는 부러운 일이다. 일반적으로 중쇄조차 힘든데 30만이란 숫자에 눈을 번쩍 떴다. 어마무시한 숫자만큼 잔잔한 이 책에서 눈에 띄었던 건 다름 아닌 책에 대한 정의였다. 책 한 권을 읽는다는 것은 그 사람을 읽는다는 것, 그리고 그 책을 이해하기 위해 노력하는 것. 책과 사람은 공통된 뜻을 지닌 위대한 선생님이다. 왜 사람을 만나면 그 인생 전체가 온다는 말이 있지 않는가.

　세상을 살아가면서 만나는 사람들은 모두 다른 장르의 책이다. 각자에게 주어진 인생의 작가로서 이야기를 써내려가고 있는 것이다. 나는 그 '책'을 읽기 위해 노력하고 자세히 살펴보려고 한다. 이 세상에 쓸모없는 책이 없는 것처럼 사람도 마찬가지다. 책 한 권을 읽는다는 것은 그 사람을 읽는다는 것이고, 이해하기 위해 노력한다는 뜻이다. 책과 사람은 공통된 의미를 지닌 위대한 스승이다.[40]

　가끔 강연에 가서 하는 말 중 '세상엔 허투루가 없다'는 말을 자주 한다. 새로운 사무실에서 사람들과 간간이 이야기를 나누는데, 이때 배우고 느끼는 바가 크다. 말을 조리 있고 재미나게, 거기다가 적절하게 욕도 섞어서 시원스레 감정을 적절하게 표출하는 재주를 가진 분, 살뜰하게 이것저것 배려하면서 입은 무겁고 행실은 묵묵하게 자기 할 일 다 하는 나이 어린 동료를 알게 되었다. 그분들을 흘러가듯 그냥 보면 안 되겠다 싶었다. 그 어떤 사람에게도 배울 구석이 있는 것처럼 책도 그러했다. 이상한 책, 쓸데없는 책, 재미 없는 책에도 인상 깊은 구절이 있는 법이다.

그럼에도 불구하고 많은 분들이 내 첫 책을 통해 내 인생과 내 공저자의 인생을 아직 느껴보지 못했다는 것, 그럴 만한 이유와 의미가 있을 것이다. 마케팅의 한계? 유명세 있는 작가가 아니라서? 예전에 신문사 국장님과 이야기하던 중 사장이 자길 꺼려하는 거 같다는 이야기를 하길래 "국장님은 제 눈엔 매력적이에요"라고 했더니 그분 왈 "그러니까 나 같은 매력 넘치는 사람을 왜 옆에 두고 쓰겠냐고. 나이 들수록 자기보다 잘난 사람을 곁에 두질 않아. 왜냐면, 본인 가치가 떨어지잖아." 그 말을 듣고 나서 안타까웠다. 아차, 이 말을 할 걸 그랬다. "그냥 받아들이세요. 날씨처럼. 스스로를 궁지에 몰지 마세요. 남도 나도 깎아내리지 않은 자기만의 정통성을 갖고 계시고 본인의 매력을 알고 계시잖아요. 이 이상 어떻게 해요"라고. 고백하자면 이 말은 스스로에게 하는 말이기도 했다.

김지수 기자의 《자기 인생의 철학자》에 나온 말을 조합해보자. 책 제목처럼 결국 다 자기 인생만의 철학이 있는 거다. 나는 어떤 경험이든 허투루가 없으니 이 또한 온전히 내 것으로 받아들이고 느끼자는 나만의 개똥철학이 있는 것이고. 단 온전히 자기만의 것을 만들기 위해선 본인 이상으로 잘 알아야 하고 면밀하게 파고 들어 철저한 분석을 해야 한 다. 어느새 중고책방으로 사그라지는 내 책을 정면으로 바라 보자. 나이가 들어 초췌하게 변해가는 자기 모습을 제대로 맞 닥뜨린 렘브란트처럼. 그의 마지막 자화상은, 거울 속에서 사 라지는 추하고 어그러진 자신을 똑똑히 들여다보고 그렸다 는데, 스스로 아무것도 아닌 것으로 자신을 그릴 수 있고 표 현할 수 있는 것 자체가 얼마나 값진 일인가.

알량한 완장 하나 차면 뭐가 된 것처럼 마치 영원한 줄 알 고 거들먹대거나 늙어감을 부정하며 젊음을 탐하고 시기하 는 것과 반대로 내 꼴을 또렷하게 직시하고 초연해지는 것. 첫 책의 판매실적 때문에 속상한 마음을 가라앉혀 본다. 이 또한 감사하고 영광스러운 경험이라고 위안해본다. 그럼에 도 불구하고 새로운 시작을 위한 평정심을 찾으려고 한다. 이를 통해 경험의 누적을 내 것으로 만들고, 다음 책을 위한 발판으로 삼으면 될 테니 말이다. 문득 김찬호의《모멸감》이 생각나는 건 아직 그 과정 중이라는 이야기.

덜 영향 받은, 더 독립적인

이동훈, 《어떻게 경제적 자유를 얻을 것인가》, 해냄

코로나19로 인한 경제적 어려움이 이혼을 막고 있다는 기사를 봤다. 통계청이 발표한 2022년 4월 인구 동향에 따르면 지난 4월 이혼 건수는 7,198건으로 지난해 같은 달보다 20.4퍼센트 감소했는데, 4월 기준 2004년 20.6퍼센트 감소한 이후 최대 감소폭이라고 한다. 이 상황은 코로나19로 경제상황이 불확실해지면서 이혼으로 인한 재산 분할, 이혼 후 생계 독립 등에 부담을 느낀 것으로 분석됐다.

버지니아 울프는 다른 무엇이 아니라 자기 자신이 되는

것이 가장 중요한 일이라고 했다. 그러기 위해 지적자유는 물질에 달려 있다고 했다. 돈은 돈 그 자체만을 뜻하지 않고, 돈을 가지고 있다는 것은 세상과 다른 사람들의 영향을 덜 받을 수 있다는 용기가 된다. 이것은 굉장히 중요한 포인트이다. 앞서 이야기한 통계는 경제적인 독립이 이뤄지지 않았기에 관계적 분리인 이혼에 어려움이 있다는 것을 드러낸다.

인생에서 돈은 주객전도가 되어선 안 될 정도로 중요하다. 돈이 행복을 가져다준다고 확신할 수 없겠지만, 분리에 대한 자유를 가져다주는 건 맞다. 진정으로 행복한 사람은 돈에 휘둘리지 않고 돈을 이용할 수 있는 사람이다. 출산휴가 3개월 빼고 쉬어본 적이 없고, 아직까지도 일을 손에 놓지 않는 나에게도 비슷한 지향점이 있다. 다름 아닌 경제적 독립으로 인한 자기다움을 잃지 말자는 것.

직장을 다니는 목적이 뭐라고 생각하냐는 질문에 누군가 허겁지겁 내뱉은 '자아실현'에 피식 웃음이 나온 적이 있었다. 배우고 성장하며 자기다움에 한 발짝 다가가는 인생, 부수적으로 생기는 각종 감정의 배설물들은 과감히 하수구에 다 흘려버리고…. 백수를 지향하는 게 아니라면 적당히 마음을 추스르는 쪽으로 방향을 트는 유연함, 이는 돈 받은 만큼 일하는 월급쟁이의 삶을 통해 가능하기도 하다.

그렇다면 덜 영향을 받는 존재being가 되기 위해 행동doing으로 자신의 존재를 증명해야 한다. 여기서 어떤 것도 결정되어 있지 않다는 것을 인식한다는 게 핵심이다. 하늘을 어둡게 뒤덮을 만큼 바로 앞까지 솟아 있는 콘크리트 벽 앞에 내가 서 있음을 깨닫는 것. 조직과 사회의 요구에만 예스하고 대응하는 수동적 삶에서 벗어나 각자 자신의 내부에 감춰 있는 자발성과 의욕을 꺼내도록 주문을 외워보자. 그 첫걸음을 내딛어야 경제적 독립을 위해 나아갈 수 있을 거다.

책이 그 과정에 함께한다. 독서를 통해 끊임없이 묻는 것, 자기다움을 향해 자기애를 간직하자. 그 통로에 책은 늘 존재할 것이다. 요즘 들어 더 집요하고 더 치밀한 독서가 하고 싶다. 톺아보기, 씹어 먹기… 단순히 읽고 흐르는 것을 넘어 우걱우걱, 쩝쩝쩝 씹어 먹고 넘김에 가속을 붙이고 싶다. 오늘은 도서관에서 빌린《어떻게 경제적 자유를 얻을 것인가》부터 읽어야겠다.

why it?

이기주,《글의 품격》, 황소북스

정인성,《밤에 일하고 낮에 쉽니다》, 북스톤

김범준,《핵심만 남기고 줄이는 게 체질》, 위즈덤하우스

Why it? 이게 확실하지 않으면 세일즈가 안 된다. 회사를 다니고 맡은 바 일을 하는 것도 일종의 자기 판매 아닌가. 물론 국가기관의 언더 커버처럼 비밀스러운 일을 하는 걸로 스스로를 생각하는 사람도 있지만(뭘 하는지 주위 사람들은 모르고, 오직 하늘만 안다). 나는 대체 어떤 목적과 용도를 가지고 있는 사람인지 매일 생각한다. 여기서 쓰임이란 잠재적인 것까지 포함한 것을 말한다.

세스 고딘은 잘못이 있다면 고치기 위해 서둘러 측정하고

파악하라고 한다. 잘하고 있는지, 잘못하는 부분은 무엇인지 끊임없이 확인하고 반성하지 않으면 마케팅이고 존재고 미래 자체가 없다. 시인은 견자여야 한다는 랭보까지 가지 않더라도 사물과 상황의 본체를 꿰뚫어보는 투시자, 현상 너머의 본질을 보려고 애쓰는 예리한 관찰자가 되자. 이기주의 《글의 품격》에 따르면 일상의 설문조사가 답이라고 했다.

단 한 문장 끼적이는 것부터 크고 작은 일을 해결하는 것까지. 뭐든 절실하게 묻고 현실을 직시하지 않으면 글이 써지지도 않고 일도 잘 풀리지도 않을뿐더러 행운이 따른다고 해도 오래 가지 못한다. 설문조사에서 가장 중요한 것은 성찰이다. 본인에 대한 성찰이 가득한, 술 마시며 책을 볼 수 있는 연희동 '책바' 사장님이 쓴 책을 맥주 홀짝거리며 읽었다. 《밤에 일하고 낮에 쉽니다》의 부제 '내 일을 나답게 하는 법', 취향 즉 나다움에 대한 이야기다. 일을 보는 관점, 즐기는 방법 그걸 개척하는 과정 등이 담겨 있다. 자기다움을 잃은 채 갈지자로 휘청일 때 이 책을 추천하고 싶다.

10년 전쯤, 예전 직장 동료가 책을 무지 좋아하는 나에게 맥주와 책을 같이 팔아보라고 했던 게 생각났다. 그분은 지금 호텔 사장님이다. 사업가 관점에서 책맥 덕후인 나를 보고 한 말일 거다. 예전에는 한두 마디씩 나를 거드는 말에 혹해서 와인이랑 책을 같이 팔아볼까, 지하철역에서 책 큐레이팅을 해볼까 하는 고민에 밤새워 뒤척인 적이 한두 번이 아니었다. 그러나 내가 내린 결론은 서점 운영하다가 책이 팔리지 않아 스트레스 받는 것보단 어떻게든 사서자격증을 따 동네도서관에 들어가는 게 낫겠다는 거였다. 20년 가까이 월급쟁이로 살아온 까닭에 남이 주는 돈에 너무나 익숙한 것이 나의 본질이고 핵심이라는 걸 이제야 깨달았다.

김범준의 《핵심만 남기고 줄이는 게 체질》에서 고수란 타인에 대한 쓸데없는 관심을 줄이고 나에게 집중하는 것이라고 한다. 내가 고수라고 말하긴 쑥스럽고 그 지경에 도달한 건 아니더라도 지금 내가 추구하는 방향이 그렇다. 진정 나다움을 이루고 싶다면 갖고 있지 않은 무언가를 갈구하기보다 갖고 있는 것들 중에서 불필요한 것들을 버릴 때 제대로 된 자기 자신을 만들어낼 수 있다. 불필요한 것을 없애고 고치는 것. 이것에는 다른 사람들의 말, 글, 행위, 물건까지 다 포함된다. 뭐든 분량 욕심을 줄여야 한다.

무쓸모 중에서도 최악의 무쓸모는 자신과 아무런 관련이

없는 타인의 모습에 관심을 두는 것입니다. [41]

    나이가 들면서 자기 자신을 아는 것을 게을리 하지 않는다면 물건이든, 소유한 그 모든 것이 간소화되는 것은 어찌보면 당연한 일이다. 이사 온 지 2주도 안됐는데 너저분한 책상 위를 볼 때마다 아이러니한 마음이 든다. 삶에서 군더더기는 정리되고 취향과 나다움이 또렷하게 드러나는 그때는 언제쯤일까? 아직 도래하지 않은 건 확실할까? 미니멀리즘 관련 책들을 보고 정신을 차리자. 고민하는 화요일이 가고 있다.

비는 내리고, 도는 닭고

조던 B. 피터슨,《12가지 인생의 법칙》, 메이븐
가와기타 요시노리,《마흔, 인간관계를 돌아봐야 할 시간》, 걷는나무

창 밖에 보행자가 한 명도 없다. 우산을 써도 피하기 어려운 호우주의보다. 뚝뚝 유리창을 강하게 내리치는 비를 보니, 몇 년 전 퇴사하던 날이 생각난다. 오후 5시까지 인수인계 하느라 정신이 혼미했다. 후임 부장님이 알아듣는지 마는지 던지고 가면서 마지막으로 내뱉은 말, "웬만하면 연락하지 마세요."

개운함에 씩 웃으며 짐을 후다닥 싸서 걸어 나오면서 들었던 곡이 바로 폴 킴의 '비'였다.

절이 싫으면 중이 떠나라. 아무리 봐도 이만한 명언이 없다. 인재 제일의 회사도 중이 마다하면 떠나게 되는 건 마찬가지. 중은 돌아설 각오와 그 타이밍만 잘 따지면 되는 거지, 퇴사 이후 중의 부재에 따른 걱정 따윈 할 필요가 없다. 어떤 조직이든 나 없어도 잘만 굴러간다. 그래서 세상을 탓하고 걱정하기 전에 내 방부터 정리하라는 말이 있나 보다.

남을 아는 자는 지혜롭고
자신을 아는 자는 현명하다.
남을 이기기 위해선 힘이 있어야 하고
자신을 이기기 위해선 도가 있어야 한다.
많은 물질을 가진 자는 부유하지만
자신이 충분히 갖고 있다는 걸 아는 사람은
도와 하나가 된 사람이다.
자신의 자리를 잃지 않은 사람은 오래가고
죽어도 잊히지 않는 자가 오래 사는 것이다. [42]

《12가지 인생의 법칙》에필로그에 나온 1984년 라오Lao-tse의 시다. 세상에 뛰어들어 고난과 역경에 맞서고 인내로 갈등을 극복하려고 애쓰는, 작은 기회도 쉽게 여기지 않고 감사하며 또 감사하는… 이 글을 읽었을 때, 하루에도 몇 번씩 고깃배를 타듯 마음이 울렁이고 쿵쾅거렸던 것 같다. 널뛰는 마음도 어찌됐든 모든 원인은 나에게 있다고, 결국 나를 이기기 위해선 수양이 필요하다고 생각한 시절이었다.

한 명이라도 이겨먹으려고 했던 어리석었던 나날들을 뒤로 하고, 공평하지 않은 세상을 원망하고 저주를 퍼부었던 한심한 순간들을 잊으며… 좀 더 내 자신을 들여다봐야겠다는 굳은 다짐을 하던 마흔 즈음이었다. 철없이 오만방자했던 이삼십 대보단 현명하고 도를 아는 여유로운 사십 대를 온몸으로 맞이하고 싶다고 여기저기 흘리고 다녔다.

자동차 왕 헨리 포드가 사람이 마흔 이전에 하는 일은 중요하지 않다는 말을 했었다. 뭔지 모를 안도감과 위안이 들었다. 인생 전반기에 스스로를 발견할 수 있는 사람은 거의 드물다. 그러니 식견을 갖추고 단단하게 여물어가라는 뜻이 아닐까. 인생을 방해하는 내적 저항감을 줄여가면서….

그 다짐 이후 나는 내적 고통에 진심으로 귀 기울이고 있는가. 어제보다 오늘이 더 지쳤다면, 위로를 전하고 잠시 쉴 마음 한 칸을 내어주고 있는가. 오늘보다 내일이 더 갈팡질

팡할 거 같다는 불안함을 견디고, 토닥이며 흔들리지 말라며
붙잡아주고 있는가. 이 글을 쓰는 나는 그리고 읽는 당신은
어디쯤 와 있나. 가와기타 요시노리의《마흔, 인간관계를 돌
아봐야 할 시간》이 눈에 띈다.

좋은 게 좋은 게 아니다

김준태,《조선의 위기대응노트》, 민음사

김정현,《팀장 리더십 수업》, 센시오

정치는 인재를 얻는데 달려 있다. 현명한 사람을 등용하지 않는다면 정치를 잘할 수 있는 사람은 단 한 명도 없다고 했다. 이 좁아터진 나라에 그리도 쓸 만한 사람들이 없는 걸까. 다들 숨어 있는 걸까, 찾을 능력이 없는 건가, 헷갈리기 시작한다.

황희는 좌의정으로 있으면서 사위 서달의 살인사건을 무마하고자 부정 청탁을 한 적이 있었다. 그리고 세종이 그 일을 대충 눈감아줬단다. 김준태의《조선의 위기대응노트》에선 세종이 다 좋은데 인재를 쓸 때 필벌을 하지 않았다고 지적한다. 신하의 잘못에 관대하면 공직 기강은 해이해지고 부정부패가 만연할 우려가 있다. 세종 같은 군주야 이를 통제할 역량이 있겠지만 평범한 리더는 필패할 수밖에 없다는 한계를 보여준다. 좋은 게 좋은 거라는 마음, 느슨한 게 결코 나중에 좋은 것이 아니라는 것이다.

　　세종은 필벌에 약했다. 세종은 평소 신하들에게 관심과 애정을 듬뿍 쏟았을 뿐 아니라 성과를 낸 신하에게 후한 상을 내림으로써 동기를 부여했다. (중략) 그러나 인사를 운영하는 데 있어서 당근만 사용할 수는 없는 법이다. 조직의 질서와 기강을 확립하고 잘못이나 실수를 반복하게 하지 않으려면 '필벌'을 행해야 한다. 처벌의 공포를 심어주기 위해서가 아니라 책임감을 느끼도록 만들기 위해서다. 한데 세종은 필벌을 행하지 않았다. 예를 들어 황희가 좌의정으로 있으면서 사위 서달의 살인사건을 무마하고자 부정 청탁을 한 적이 있다. 세종은 그 죄를 물어 황희를 해임했지만 2주 만에 다시 같은 자리로 복귀시켰다. 다른 비리 사건도 눈감아 주었다. [43]

입사 후 보스와 장시간 독대할 기회가 있었다. 새로운 조직에 적응하느라 정신이 없었던 그가 깜빡한 거 같아 용기를 내었다. 우리 팀 요주의 특정인에 대해 조심스럽게 말을 꺼냈다. 일종의 정보 공유 차원의 시도였다. 보스에게 주문한 핵심 포인트는 딱 한 가지였다.

"모르면 이제라도 살펴보셔라."

힘들게 꺼낸 이야기에 보스는 "저도 짐작합니다만, 시간이 해결해주겠지요"라고 답했다. 전지적 관찰자 시점의 애매모호한 대답은 솔직히 실망감을 주었다. '시간이 해결해주겠지요'는 이별의 상처에서 헤어 나오지 못하는 사람들에게 시간이라는 묘약을 상기시켜 줄 때나 하는 말이지, 매일 매일 총성 없는 전쟁터인 회사에서 사용될 말은 아니라고 생각한다. 특히 피 튀기는 전쟁을 진두지휘하는 장수의 입에서 이런 말이 나온다는 건 이유야 불문하고 부적절하다. 엎친 데 덮친 격으로 내가 요주의 인물이라고 지목한 그와 직간접적으로 관련된 모든 사람들이 실제로 혼란을 겪었다.

독일 속담에 젊은 사람들은 빠르게 걷지만 나이 든 사람은 지름길을 안다는 말이 있다. 이는 생물학적인 나이만을 뜻하는 건 아닐 거다. 조직생활을 어느 정도 경험한 사람은 상황을 파악하고 가르마를 탈 줄 아는 내공이 있다. 자질구레한 것에 일희일비하지 않고 본질을 꿰뚫어보며 선택과 집중을 할 줄 아는, 일과 관계 그리고 심리 정도는 충분히 들여다볼 줄 안다. 무릇 리더라면 특정 분야의 능력도 중요하지만 우선 사람을 보는 안목을 가져야 한다. 만약 안목이 탑재되지 않았다면, 자신보다 잘 아는 사람을 등용해, 적극 활용하며 그 사람의 말을 귀 기울여 들을 줄 알아야 한다. 간접경험으로 책도 있다.

반면교사도 수시로 하면 지겹다. 주의해야 할 것은 나는 절대 아니라고 방심하거나 시건방을 떨어선 안 된다는 점이다. 인간은 망각의 동물이기에, 절대 잊지 않고 온몸에 새겨놔야 한다. 꿈틀거리는 산낙지를 깨소금 팍팍 넣은 기름장에 꾹꾹 찍어먹기보단 벌건 초고추장에 빠뜨려 기절시킨 다음에 긴 호흡을 가지고 오독오독 씹어 먹듯이 말이다. 오늘과 같이 먹구름이 꾸물대는 날엔 그때 적중했던 신기가 올라오는 거 같다. 외계인 같은 소리는 넣어두고 김정현의《팀장 리더십 수업》을 꺼내 읽어야겠다.

배우고 있는 중입니다

라이언 홀리데이, 스티븐 핸슬먼, 《하루 10분, 내 인생의 재발견》, 스몰빅라이프

스콧 갤러웨이, 《거대한 가속》, 리더스북

인터뷰를 하러 갔다. 위기관리를 잘하는 건 아예 그 위기가 언론에 나오지 않게 하는 거 아닌가, 라는 물음에 숨이 턱, 순간 공황장애가 오는 듯했다. 매 순간 예기치 않은 위기들을 그때그때 대응하느라 혼이 나갔던 지난 시간들이 주마등처럼 스쳐지나갔다.

'그건 위기마다 다르고, 작정하고 덤비는 이슈에는 속수무책 당할 수밖에 없는 사정도 있다. 그럴 때는 가짜뉴스 위주로 팩트 체크를 해서 정확한 정보를 언론사에 알리고, 반

박이나 정정 보도가 나가게끔 노력한다. 물론 수정을 해주지 않는 곳도 있어서, 기고 등 다른 기회를 통해 만회할 수밖에 없다'는 구질구질한 부연설명을 그만 생략했다.

위기를 맞닥뜨리기만 했지 총괄 경험이 없는 거 아닌가, 라는 질문을 받았다. 말단사원일 때부터 지금까지 모든 위기를 예측하고 매뉴얼을 만들며 리드를 하고 있다고 따박따박 대답을 했지만 영 개운하지 않았다. 마치고 돌아오는 길에 마저 하고픈 이야기를 메일로 보냈다. 감정이 남은 건 아마도 대답만큼 실행으로 보여주지 못한 아쉬움까지 더해, 더는 따따부따 논쟁하고 싶지 않은, 내키지 않은 마음이 혼합된 결과인지도 모른다.

라이언 홀리데이, 스티븐 핸슬먼의 《하루 10분, 내 인생의 재발견》에 마르쿠스 아우렐리우스의 명상록 이야기가 나온다. 논쟁 상대는 우리를 해코지할 수 있지만 항의하지 말아야 하며, 감정을 그 사람에게 드러내서는 안 되고 단지 그를 지켜보라고 했다. 적으로 생각해서도 안 되며 의혹을 품고 바라보지도 말라고 한다. 단지 충돌을 방지하기 위해서 그렇게 해야 한다고 한다. 삶에 있어 모든 행동을 이와 같은 방식으로 해야 한다고 했다.

어김없이 되뇌었다. 나는 배우는 중이며, 이건 주어진 과제라고. 뜻밖의 공격을 받더라도 억울해하지 말고 끊임없이 나를 돌아보자고. 그로 인해 성장하고 있다고. 또 배우는 하루가 지났다. 공부의 본질은 인간 가치의 회복이다. 물론 공부로 스펙을 쌓고자 하는 사람도 있지만, 그건 사실 본질이 아니다. 큰 덩어리에 화려한 포장지일 뿐.

공부하면 미래에 훌륭한 사람이 되고 뭔가 얻을 거라고 생각하면 안 된다는 고미숙 선생님의 말씀이 떠오른다. 공부하는 순간, 공부와 공부 사이에 있다는 바로 그것이 공부의 목적이고 이유여야 한다는 것, 매 순간 공부는 내 가치의, 내 존재의 되찾음과 같은 것이다.

나에게 가장 좋은 최상의 공부 컨디션은 노력하는 사람들에게 둘러싸여 자극을 받는 것이다. 2012년 그룹 관계사들을 모아놓고 했던 통합 T/F의 기억이 아직도 또렷하다. 몇 주간 밤을 새면서 토론하고 보고서를 함께 쓰고 고치고 했던…. 중요한 건 불명료함과 생소함 속에서 이질적인 사람들이 단기간 내에 빠르게 합심해 답을 찾아가는 그 과정이었다. 지금도 나는 끊임없이 다른 사람들에게 직간접적으로 배우는 중이다.

그런 의미에서 반가운 소식이 있다. 2003년, 방통대에 3학년으로 편입 후 20년이 흘렀지만 원한다면 재입학이 가능하다고 한다. 공부로 돌아가 언니오빠들과 함께 배움으로 물들이자. 그렇게 내 가치를 회복하자. '나나 잘하자'를 외쳐본다. 같은 곳에 머물지 말고, 오늘 내가 경험하고 배우고 듣고 행하는 것이 내일의 나를 만든다는 것을 기억하자. 주말에는 스콧 갤러웨이의 《거대한 가속》을 봐야겠다.

별게 아니라고?

신영웅, 《그놈의 마케팅》, 넥서스BIZ

임명묵, 《K를 생각한다》, 사이드웨이

자그마치 1천만 명, 토트넘 홋스퍼 선수단을 한국으로 초청한 모 쇼핑몰의 OTT 회원 수라니. 축구팬인 아들이 내 핸드폰을 빼앗아 해당 어플리케이션을 깔고 손흥민 선수의 플레이를 감상할 만하다. 그야말로 플랫폼 전성시대. 어렸을 적 서울방송 탄생을 봐온 나로서는 이 변화가 놀라울 수밖에.

OTT가 급부상한 지 고작 몇 년 전이다. 특히 코로나19 대유행으로 집에 있는 시간이 급격하게 늘어 동영상 스트리밍 서비스에 대한 관심이 폭발적으로 증가했다. 시장조사업체 팍스어소시에이츠의 자료에 따르면 미국의 동영상 스트리밍 서비스 가입자는 2026년 2억 7천700만 명으로 20퍼센트 증가할 것으로 예상된다고 한다.

잘나가는 브랜드의 공통점은 다름 아닌 비즈니스의 본질을 안다는 것이다. OTT를 지속가능하게 하려면 가입자들의 이탈 방지에 중점을 둬야 한다. 그리고 신규 가입자 유치에 신경을 써야 한다. 〈이상한 변호사 우영우〉와 같은 콘텐츠들이 많아야 한다. 고객은 냉철하다. 고객은 자신이 생각하는 이득을 얻지 못하면 바로 지갑을 닫는다.

N사 홍보마케팅, 모 시장 뉴미디어 비서관을 거쳐 출판 당시 스타트업 마케터였던 신영웅의 《그놈의 마케팅》, 내 프로필이 저자와 비슷해서 그의 책을 눈여겨봤다. 뇌가 열리는 희열을 주는 일이란 바로 사람들이 열광하는 크리처를 만드는 것이라고 했다. 그것이 그림이든 글이든 유무형의 상품이든 간에 욕망과 본질을 읽어내고 이를 구현할 때 저자는 뇌가 열리는 경험을 한다고 한다.

문득 떠올려봤다. 그동안 뇌가 열리는 경험이 있었던가. 며칠 전 인스타그램에서 이 대사를 듣고 뜨거운 머릿속이 홍해처럼 빠지직 갈리는 경험을 했다. "너는 봄날의 햇살 같아"

판례 정보를 줄줄 읊어대는 우영우의 천재적 머리도 물론 탐나지만, 자폐가 있는 본인을 늘 배려하는 친구에게 진심을 다하는 훌륭하고 어른스러운 태도에 고개가 숙여졌다.

자폐스펙트럼장애는 타인과 소통이 어렵다. 그럼에도 불구하고, 나름대로 본인을 객관화하고 미러링하며, 친구를 따스한 시각으로 조명하는 마음을 '봄날의 햇살'이라는 단어로 담백하게 치환하는 작가의 표현력, 그걸 듣고 과한 표정을 짓지 않는 배우의 절제미 등은 울고 짜고 하는 정형화된 신파에서 벗어난 창의적 시도라서 신선하게 느껴졌다.

이를 위해 얼마나 많이 준비하고 기다리며 갈고 닦았을까. 임명묵의 《K를 생각한다》에 나오는 창의성 이야기에 무릎을 쳤다. 창의성을 배양하기 위해 해야 하는 것은 여러 과제에 대한 진지한 몰입이며 이를 위해 필요한 것은 지식의 형태로 습득해야 하는 기본기라고 한다. 그래서 먼저 그 과제를 수행할 지식과 능력을 갖추고 학습해야 한단다.

별게 아니라고? 맞다. 창의성을 엉뚱하고 기발한 것으로 오해를 하다 보니, 차곡차곡 쌓이는 일상에서 창의성이 나온다고 생각하기 어렵다. 허나 하루하루 책을 읽고 상대를 듣고 보고 하는 것들이 쌓이면 결국 내 분야에서 창의성의 밑

바탕을 꾸며줄 수 있다는 것을 아는 순간, 창의성은 우리 곁에 편하게 다가온다. 물론 심도 있는 관찰과 분석은 상수, 그렇다면 나의 데일리 독서는 어디까지 와 있는 걸까.

"나는 만 번의 발차기를 한 번에 훈련하는 사람을 두려워하지 않는다. 나는 한 번의 발차기라도 만 일 동안 훈련하는 자가 두렵다." [44]

명분 쌓고 하이킥

라이언 홀리데이·스티븐 핸슬먼,《데일리 필로소피》, 다산초당
요조,《실패를 사랑하는 직업》, 마음산책

말이 아니라 행동으로 져야 하는 게 뭘까? 바로 책임이
다. 현 영국 보수당의 대부격, 빅토리아 여왕 시기 적극적인
제국주의 정책을 펼쳐 당대 영국의 패권을 유지 시킨 총리,
벤저민 디즈레일리의 좌우명은 '불평하지도, 설명하지도 말
라'였다. 그만큼 책임감은 막중하다. 이것저것 불평불만에
입이 나오거나 귀가 따갑게 변명하기는 쉽다.

절대 내 마음대로 세상은 돌아가지 않는다. 빌 게이츠가
인생은 불공평하니까 거기에 적응하라는 말을 했었다. 그렇

다면 어떻게 해야 잘 책임지는 것일까? 간단명료하다. 일어난 일은 자연스럽게 받아들이고, 일어나지 않는 일에 대해 기대나 걱정 따윈 하지 않으면 된다.

라이언 홀리데이·스티븐 핸슬먼의 《데일리 필로소피》에서 '나는 나의 감독관이 아니다'라는 말에 웃음이 나왔다. 우리는 스스로 감독관이라는 믿음을 버려야 한다. 그게 가능해지는 순간 편안해진다. 전지전능 신도 아닌 우리가 어떻게 모든 상황을 통제할 수 있겠는가. 삶은 불규칙적이고 무정형적이므로 불평과 불만으로 낭비하지 말고 돌파하거나 지켜보면서 숨을 고르면 된다. 그건 전적으로 내 선택에 달렸다.

책을 읽고 공부하는 목적은 결국 좋은 삶을 추구하기 위해서다. 책만 읽어서 될까. 때론 책을 한편에 밀어 넣고, 실전으로 뛰어들어야 한다. 결국 그에 걸맞은 행동을 통해 책임지는 것이다. 허나 출발선에서 호루라기 분 게 언제인데, 아직까지 한 발짝도 움직이지 못하고, 말로 그 책임을 다하는 분들이 있다. 특히 조직의 리더가 그러면 답이 없다.

《실패를 사랑하는 직업》에서 저자 요조는 모른다는 말로 도망치는 사람과 모른다는 말로 다가가는 사람, 세계는 이렇게 나뉜다고 말했다. 저자의 관점에 감탄했다. 알고도 모른다고 빡빡 우기며 버티는 것과 책임을 인정하고 받아들이며 결국 사과하며 한 발 다가가는 것. 때론 비굴함이 죽기보다 싫어 내 무릎이 꺾이지 않지만 남들이 내 정강이 뒤를 차 무릎 꿇는 것보단 훨씬 낫다.

복잡한 아픔 앞에서 도망치지 않고, 기어이 알아내려 하지도 않고 그저 자기 손을 내민다. 모른다는 말로 도망치는 사람과 모른다는 말로 다가가는 사람. 세계는 이렇게도 나뉜다. [45]

언제나 나는 후자이다. 솔직한 악이 낫다고 본다. 세상에서 영원히 없는 것 세 가지가 첫째 공짜, 둘째 거짓말, 마지막으로 정답이다. 가장 드문 것이 바로 정답이다. 어쩌면 모른다고 확 질러버리고 도망가는 걸 통해 책임지는 게 나을 수도 있겠다. 단 이 꼴 저 꼴 죽을 때까지 보지 않을 수 있다는 확신이 있다면 말이다. 배짱인지 막무가내인지 소신인지 내 알 바 아니지만, 부디 행동하지 않을 거면 그 입 다물기를!

지성여불, 정성을 다하면 앞길에 광명이 비친다. 세상에는 공짜가 없으므로 그 진심이 나를 외면한다 하더라도, 가

장 짙은 어둠이 선물해주는 건 언젠가 올 밝음의 약속일 것
이다. 한없이 부족함을 아는 나는 평생 책을 곁에 두고 행동
하며 따져보리라. 그러기 위해서 책은 내 행동의 명분이 될
것이다.

깊고 푸른 밤을 기다리며

김경일,《적정한 삶》, 진성북스

"그냥 제 음악이 깊어지길 바란다."

미국에서 열린 '반 클라이번 콩쿠르'에서 최연소 우승을 한 피아니스트 임윤찬의 말이다. 경쟁에서 이긴 한 청년이 툭 내뱉은 말, 산 속에서 피아노만 치고 싶다는 말. 경쟁에서 이겼다고 실력이 느는 건 아니지만 우리는 이기고만 싶어 한다. 승리를 쟁취하고 싶어 안달 난 보편적 심리를 뒤로 한 채 산 속에서 피아노만 치고 싶어 하는 청년을 어떻게 봐야 할까.

그에게 경쟁은 타인들과의 싸움이기보단 어제의 나와 오

늘의 나와의 견줌을 통한 나아짐이 아니었을까. 이것이 평소의 신념이니, 두려움 없이 무심히 저런 말을 내뱉을 수 있는 것일 거다. 결국 본인이 갖고 있는 평소 생각이 바탕이 되었고, 그 태도가 늘 상황을 이기게 한 거라고 생각한다.

철학자 미셸 드 몽테뉴가 생각난다. 사냥의 목적은 포획의 즐거움에 있지 않다고 한다. 즉 사냥 그 자체와 그것을 둘러싼 모든 것, 사냥을 나갈 때 하는 산책이며 보는 풍경이며, 함께하는 사람들이며, 뭐든 있다는 거다. 포획물에 관심 있는 사냥꾼은 고기 채집자일 뿐이다. 과정마다 의미가 있고 수련이 있다. 언뜻 보면 쉬워 보이지만 실천하기도 어렵다. 더군다나 그런 상태가 되는 것도 어려운 일이다.

상당히 똑똑하고 능력도 괜찮은데 자격지심에 사로잡혀 자신감이 없는 친구들이 있다. 똑같은 행운과 불운이 찾아와도 행운의 경우, 용기가 없어 줍지 못하고 불운에는 직격타를 맞아 사경을 헤매다 끝난다. 적어도 내 행복은 선택과 기술의 태도 문제라는 걸 상기하면 될 것을 자주 까먹는다. 남 탓할 필요도 이유도 없다. 비겁의 문제다.

두려움 없이 본인이 하고자 하는 일을 선택하고 집중하는 건 아마도 생존에 필요한 기술을 이미 갖고 있는 걸 뜻한다. 또한 그럴 수 있는 적당한 상황에 놓여 있는 현재가 있을 거다. 그러니 무턱대고 하고 싶은 거만 하고 살라는 조언 따윈 아무짝에도 쓸모없다. 왜냐면 여기엔 그걸 하기 위해서 해야 할 일은 가려져 있기 때문이다. 하고 싶은 것만 하기 위해서 포기해야 하는 것들에 대한 책임 역시 본인이 져야 한다. 생계나 여건 등을 생각하지 않고 취향으로 일을 선택해 지속할 수 있을까.

어떻게 보면 본인과의 경쟁도 팔자 좋은 소리라고 할 수 있겠다. 적어도 다른 건 신경 쓰지 않아도 되니까 말이다. 나를 주저 앉혀야 사는 타인을 볼 필요도 없을 뿐더러 나만 생각하고 나만 바라봐도 되니까 말이다. 수험생이라면 '넌 공부만 해. 나머지는 내가 알아서 할게'라고 이야기해주는 부모님이라도 계시지만, 늙어가는 우리의 경우 남은 생을 불평불만만 하다가 끝낼 수 없다. 삽질을 멈추고 본인에게 주어진 환경 속에서 최선을 다하는 지금을 사는 게 어떨까.

현재는 선물이라는 낯간지러운 이야기는 생략하자. '나는 어머니의 자부심'이라는 〈미생〉의 장그래 말을 이렇게 바꿔보려고 한다. 오늘의 나는 어제의 나의 자부심이고 싶다고 말이다.

깊고 푸른 오늘 밤에 무슨 책을 볼까. 인정 투쟁에서 벗어나고자 하는 김경일의 《적정한 삶》? 자부심 주사 한 방 맞을 거만 생각하고 오늘 오후를 끝내고 싶다.

멈추라, 일렁이는 마음

멜 로빈스, 《굿모닝 해빗》, 쌤앤파커스
주웅식, 《나는 왜 불안한가》, 인간사랑

"동기부여란 말은 쓰레기예요."

한 유튜브 방송에서 이 말을 하면서 폭발적인 인기를 얻게 된 멜 로빈스, 그녀의 《굿모닝 해빗》엔 하이파이브의 중요성으로 범벅되어 있었다. 이런 책이 베스트셀러야? 갸우뚱 싶었는데 이 문장에서 눈길이 머물렀다. 언제부터인가 변화를 위해서는 동기부여가 있어야 한다는 말이 정답이 됐으나 우리의 마음을 들여다보면 인간은 원래 두렵거나 어려운 일을 하도록 설계되어 있지 않다고 했다. 뇌는 생명을 유지하도록 노력하고 있고 아무래도 위험한 것들로부터 우리를 보호하도록 설계되어 있다. 그러나 사업을 하고 훌륭한 부모가 되고 훌륭한 배우자가 되어 자신이 원하는 일을 하기 위해서는 그런 일들을 할 수밖에 없다는 것. 결국 그게 문제가 되는 것이니 동기부여에 치우치지 말고 정말 원하는 것이 무엇인지를 보라고 말한다.

진실로 원한다면 인위적인 동기부여 따윈 필요하지 않다. 그 마음은 저절로 따라오게 되어 있다. 그에 맞는 행동도 즉각적으로 나오게 된다. 뭔가를 미루고 있다면 들여다봐야한다. 내가 진실로 원하거나 필요한 게 맞는지. 그러기 위해선 집중하고 알아차려야 한다. 즉 내가 하고 있는 일이 무엇인지 들여다보고 집중하는 과정에서 무엇을 하는지 알게 된다면 하루가 의미 없이 지나가지 않을 것이다. 내가 요즘 그렇게 하고 있는지 현 주소를 되짚어본다.

하루에도 몇 번씩 마음이 널뛰기를 한다. 그동안 몸담은 곳을 떠날 때가 되니 이보다도 개운할 수 없다가, 일희일비하지 않겠다고 굳은 결심을 하다가, 뭔지 모를 화가 치밀었다. 그런 와중에 어느 경제지의 '열 번째 직장에 오기까지'란 칼럼을 읽고 마음의 위안을 얻었다. 용기를 내어 칼럼 밑에

적혀 있는 이메일 주소로 잘 봤다는 인사와 함께 내가 쓴 책
을 사무실로 보내드렸다. 인생은 조금 돌아가도 괜찮은 거
같다는 말씀을 감사하게도 그분이 주셨다. 나는 지금 인생의
회전목마를 타고 있는지도 모르겠다.

영화 〈달콤한 인생〉 오프닝에서 선우의 내레이션이 뇌리
를 스쳐 지나간다. 어느 맑은 봄날 바람에 이리저리 휘날리
는 나뭇가지를 바라보며 제자가 묻는다. "스승님 저것은 나
뭇가지가 움직이는 겁니까. 바람이 움직이는 겁니까." 스승
은 제자가 가리키는 것은 보지도 않은 채, 웃으며 말했다.
"무릇 움직이는 것은 나뭇가지도 아니고 바람도 아니며, 너
의 마음뿐이다."

그래, 맞닥뜨린 현실을 외면하지 않은 채 똑바로 응시하
고 내게 붙은 성급함과 초조함, 나약함 같은 먼지를 떼어버
리자. 스스로를 돌아보고 또 돌아보고 다시 돌아보고, 그 어
떤 힘겨운 상황에도 매몰되지 않고 나를 정면으로 보고 원하
는 걸 찾아내는 힘, 그게 결국 지친 나를 일으키는 것일 거다.

문득 스쳐가는 장면 하나, 소주팩에 빨대 하나 꽂고 어느
항에 웅크리고 앉아 있던 그때의 나. 알고 보니 지금이나 그
때나 일렁이는 건 바다가 아니라 내 마음이었다.

좀 더 말랑한 나로, 좀 더 고정되지 않은 나로, 좀 더 머물러 있지 않은 나로 거침없이 융통무애, 통하여 막히지 않고 싶다. 그나저나 그 항구엔 일렁이는 검푸른 바다는 이제 없고 빼곡하게 아파트가 들어설 정도로 바다가 매립되었다고 한다. 내 마음 역시 흔들리지 말고 단단히 동여매고 정착해야지. 정신안정제, 어서 책을 펼치자. 주응식의《나는 왜 불안한가》.

책, 셰르파와 함께 여행을

김진아,《나는 내 파이를 구할 뿐 인류를 구하러
온 게 아니라고》, 바다출판사

드라우파디 무르무, 인도의 첫 부족 출신 여자 대통령이
탄생했다. 3,500년 길고 긴 질곡의 카스트 제도 역사를 뚫고
억압받고 소외된 피지배 계층에게 한 줄기 희망이 드디어 생
겨났다. 나에게도 이와 비견되는 불꽃 스파크가 일어난 적이
있었다. 신입사원 때 외국인 선주와 거리낌 없이 소통하는,
중성미 가득한 여자 선배를 보고, 진심으로 꿈꿨다. 오랫동
안 그 선배가 회사에 남아주기를. 그때부터였다. 나도 내 몫
을 톡톡히 할 테니 당신도 부디 곁에서 살아남아 주길 바라

는 연대 의식 같은 거 말이다.

지지 않고 싶었다. 쉽게 꺾이고 싶지 않았다. 시들고 싶지 않았다. 내가 선택한 것을 꾸준히 응원하고 싶었고, 기대에 부응하고 싶었다. 그래서 오기 반, 호기심 반으로 어느 나라의 지역전문가 모집에도 지원한 적이 있었다. 인재 제일 회사의 인사팀 양반께서 친히 "거기는 성폭행 사건도 많던데, 험한 일 당하면 어떡하려고 해요?", "아이는 누가 키워요? 무리하는 거 아녜요?" 차라리 지원 자격에 여성은 안 된다고 써두지, 도대체 뭐라는 거야?

질문의 난이도에 놀란 가슴을 부여잡고 충분히 예상했던 불합격 통지를 받은 후 한참 생각했다. 내가 사회운동가가 아니니 이 판을 어떻게 뜯어 고쳐야 할지 관심 밖이지만 나 스스로를 실험대상으로 삼아 이것저것 해보자는 생각….

《나는 내 파이를 구할 뿐 인류를 구하러 온 게 아니라고》의 저자 김진아는 여성 자영업자들을 응원하고 싶어 원두까지 바꿨다고 한다. 미개한 성 개념이 머리에 굳어버린 고매한 분들과 두 눈 부라리고 싸우는 것보단 내가 할 수 있는 숙제를 하자. 이건 흥미로 하는 게 아니라 각자의 위치에서 더 나은 삶을 살기 위한 노력의 일환이다. 그것도 내가 할 수 있는 연대이니 말이다.

사실 난 조선소 안성맞춤 인재였다. 키 170에 기골이 장
대한, 목소리 우렁찬, 현장 아저씨들과 막걸리 하나로 호형
호제할 수 있는 걸걸함도 탑재되어 있었다. 진즉에 알고 있
었으나, 속으로 내적 갈등과 우려가 있었다. 서울 깍쟁이인
내가 언제까지 버틸 수 있을까 했는데 그게 자그마치 10년이
었다. 강산이 바뀔 세월을 꾹꾹 채우고 5킬로미터 용달차에
실린 내 짐을 보고, '이 회사는 열녀문 하나 안 세워주나. 참
정없네'라며 혼잣말 했던 게 문득 생각난다. 그러나 후련했
다. 일생일대의 실험을 끝내 마친 홀가분한 기분이었다.

나처럼 주어진 과제를 기어이 끝낸 사람들이 많아질수록
덜 놀라고 덜 기대하는 덜 불행한 세상이, 이윽고 온다. 기약
없는 낙관론자라고? 아니다. 같이 두 눈 부릅뜨고 살아보시
라. 특히 능력주의 실현에서 성별이 중요하지 않은 날이
반드시 올 거다. 왜냐하면 소득, 승진, 존중의 불평등이라는
악순환을 끊어야 모두가 행복해진다는 진리는 변하지 않으
니 말이다. 일어나지도 않은 성폭력을 오지랖넓게 걱정해준
임원도, 롤모델이었던 씩씩했던 여선배도 그리고 나도, 그래
야만 행복해질 수 있을 것이다.

Everybody will be happy. 그래서 책이 좋다. 책을 본다는 건, 책이란 셰르파를 동반한 즐거운 여행과 같다. 직무와 연관된 책이라면 패키지 여행, 철학이나 인문학 같은 삶에 관련된 책이라면 테마 투어, 자유 여행이 될 수 있겠다. 내 삶을 보다 더 충만하고 풍요롭게 살아가면서 막히지 않고 흐르는 '이동성' 있는 자신을 발전시켜 나간다면 이 또한 즐거운 일 아니던가.

카리스마 넘치는 지도자의 흔들림 없는 기조를 통해 구성원 모두가 웃으며 흡족스러운 삶을 사는 시대는 일찌감치 사라졌다. 우리는 각기 다른 행성들에서 모인 소우주이므로 그것은 불가능에 가깝다. 그래서 우리 소우주들은 패키지 여행이든 테마 여행이든 책을 벗 삼아 여행부터 해야 한다. 그 여행은 일종의 연대감과 비스름할지도 모를 일이다.

내게 겨눈 총구 그리고
몸부림 같은 독서

유니타스브랜드 편집부,《Unitas Brand Vol.34-2 : 브랜딩 명언》,
Moravianunitas

박창선,《어느 날 대표님이 우리도 브랜딩 좀 해보자고 말했다》, 미래의창

"프로젝트 매니저에게 가장 필요한 역량은 프로젝트가 아닌 비전을 보여야 하는 것이며, 프로젝트의 시간을 보는 것이 아니라 사람들이 중요하게 생각하는 것을 보는 눈이다." [46]

《Unitas Brand Vol.34-2 : 브랜딩 명언》에서 본 구절인데, 미국 프로젝트 매니저 자격증을 불굴의 의지로 힘겹게 따낸 나는 이 대목에서 눈이 뜨였다. 바로 겹눈, 어떤 일을 시행하

는데 있어서 가장 중요시해야 하는 건 안목이다. 안목이 있고 없고는 결국 나의 브랜드와 같다. 이 브랜드는 자기다움이라는 브랜딩을 넘어 결국 고객이나 사람과 블랜딩이 된다. 즉 상품에 의미와 가치를 부여하는 건 결국 고객, 사람이다.

이건 어떤가. 한 재직자가 상당 기간 동안 회사의 가십들을 SNS에 자세히 올려놓고 있었다. 소문의 주인공들은 이니셜로 표기되어 있었지만 유추나 짐작이 가능하기도 했다. 이미 작성자가 누구인지 소문이 쫙 퍼졌다. 언제부터 불만을 가지고 자료를 모았으며, 옆에서 도와주고 부추기는 사람들도 있다는 이야기까지 전해졌다. 이 조직에 망조가 들었나 싶었고 걱정이 앞섰다. 익명 뒤에 '보는 눈' 즉, 숨은 소설가인지 키보드 워리어인지 정체불명의 작자가 멍청하고 할 일 없어 보였다.

조직의 입장에서 이 문제는 이상한 개인의 일탈로만 단순히 생각해선 안 될 문제이다. 내부직원의 마음을 얻지 못하면 브랜딩이고 뭐고 끝이기 때문이다. 일단 품어야 하는 것도 안다. 내 경우 날이면 날마다 터지는 나쁜 뉴스, 가짜뉴스에 식겁해 정신없이 위기관리 업무를 허덕허덕 처리하다가 잠시 고개를 들어 주변을 돌아봤다. 그때, 여느 때와 같이 사무실이 웃음기로 가득한 걸 목격했을 때 등골이 서늘하고 허탈했었다. 허나 그것조차 끌어안아야 했다. 거기서 내부총질 했다간 다양한 이야기를 들을 언로 자체가 막혀버리고 일 자체가 되지 않으니까 어쩔 수 없었다. 또한 익명 게시의 순기능도 알고 있다. 나와 처해 있는 상황이 다를 수 있다는 전제를 두고 어쨌거나 위험신호를 알리려면 그런 방법도 불가피한 측면이 있다는 것도.

그전에 생각해 봐야 할 문제가 있다. 백날 나는 날세, 나이어야만 하네, 외치면 뭐 하나. 가장 중요한 건 내가 아닌 다른 사람들의 '보는 눈'이다. 자기가 겪은 일이 아닌 회사에 흘러 다니는 풍문들을 모으고 그런 작업들을 오랜 기간 동안 해야 한다면 본업은 뒤로 하고, 남의 뒤를 캐고 정보를 수집하는 일에 몰두할 수밖에 없다. 그렇다면 주객이 전도된 것은 아닌지, 그 모든 것에 자유롭고 당당하고 떳떳한지 일단 본인부터 돌아봐야 한다. 그게 없는 상태에서 불의를 위해 맞서 싸우는 정의의 사도 행세를 한다고 해도 제대로 된 브랜드가 될 수 없다. 그를 보는, 관찰하는, 생각을 보는 눈의 주체는 그가 아니라 보는 이들이다.

박창선의《어느 날 대표님이 우리도 브랜딩 좀 해보자고

말했다》에서 브랜딩은 회사의 생존을 위한 몸부림이고 나를 지켜가면서 성장하려는 굳은 의지의 발로라고 했다. 그 과정에 성과가 따라야겠지만 그저 좋은 철학을 퍼뜨리고 싶은 거라면 정치를 하면 된다고 말한다. 지금의 시츄에이션은 정치도 아닌데? 사람은 원본으로 태어나 복사본으로 죽는다는데, 나는 익명 속에 숨어 '보는 눈'처럼 살고 싶지 않다. 그 예리하고 날카로운 눈으로 나를 신랄하게 바라보는 게 오히려 생산적이다. 그래서 타인에게 겨눈 총구를 내게로 원위치시킨다. 아마도 책을 손에서 놓지 않는 건 하나라도 읽고 변하고 노력하고 실천하고 발전하려는, 일종의 생존을 위한 위기 탈출 몸부림인지도 모르겠다.

브랜딩은 회사의 이름이나 제품을 널리 알리고 판매를 촉진하는 것이 아니라, 격변하는 세상과 그로 인한 고민 속에서도 우리의 정체성을 지켜가는 과정을 뜻합니다. 이 과정에서 충성 고객들을 만들고, 매출을 성장시켜야 하고요. 그저 돈만 벌고자 했다면 얼마든지 시류에 편승하거나 편법을 쓰거나 '나'를 바꿀 수 있습니다. 하지만 브랜딩은 그런 게 아닙니다. 브랜딩은 나를 지켜가면서도 성장하려는 기업의 굳은 의

지입니다.[47]

    덩치에 맞는 넓은 품으로, 호탕한 마음으로 다름을 품고 틀림을 고쳐가며 끌어안고 나아가기가 그리 어렵나. 죽었나 살았나 생사 확인차 나에게 연락한 친구들, 후배들, 기억 흐릿한 얼굴들을 차분히 떠올려본다. おげんきですか오겡끼데스까. I'm still ok. 도와주지는 못할망정 민폐는 끼치지 말자.

    덩칫값은 꼭 하고픈 어느 독서가의 주먹밥과 삶은 계란 하나의 점심시간은 이렇게 속절없이 간다.

주문을 외워봐

정김경숙, 《계속 가봅시다 남는 게 체력인데》, 웅진지식하우스

하정우, 《걷는 사람, 하정우》, 문학동네

숨이 턱턱 막힌다. 읽다가 이렇게 기 빨리는 건 간만이다. 전 직장 동료가 이 저자를 보고 내가 생각났다고 해서 이 책을 샀다. 정김경숙의 《계속 가봅시다 남는 게 체력인데》를 보는데, 천만의 말씀이다. 나는 기골만 장대하지, 이 정도의 에너지와 파워를 가지지 않았다. 50세에 실리콘밸리 행을 선택한 그녀의 결정은 갑작스러운 게 아니었다. 다섯 곳의 대학원 공부를 할 수 있는 체력에, 하루 3만보 걸음에, 검도를 10년 넘게 해 4단의 출중한 실력을 소지, 물 공포증을 이겨

내려고 중년 느지막이 수영을 배웠던 그 열정과 집념의 결정체가 그녀를 실리콘밸리로 이끈 것이다.

헤밍웨이와 하루키도 모두 운동광이었다. 헤밍웨이는 매일 수영을 했으며, 하루키는 마라톤 마니아다. 그들이 이처럼 열정적으로 운동을 하는 것은 체력은 결국 창의성의 원천이라고 생각하기 때문이다. 어떤 분들은 엉덩이 힘으로 글을 쓰고 일을 한다고도 했다. 맞다. 허리 곧추세우고 꼿꼿한 자세로 정신통일하고 의자와 한 몸이 되는 그 체력이 받쳐줘야 글도 쓰고 일도 하는 것이다. 아파보고서 알게 된 건 본인의 재능이라고 믿고 있던 능력의 대부분이 체력이었다는 어느 작가의 말처럼 특히 사십 대로 접어들면서 정신력만으로는 온전히 버티기 힘들다는 걸 요즘 느낀다. 한 가지 일을 잘하는 것도, 여러 일을 병행하는 것도 다 마찬가지이다.

일본은 이미 2017년 11월, 일하는 방식 개혁을 내세우며 2018년 1월부터 부업, 겸업의 촉진에 관한 지침을 발표했다. 2020년부터는 도쿄의 직장인이 지방의 기업과 겸업 계약을 맺으면 이를 연결해준 인력 소개 업체에 건당 100만 엔을 주고, 겸업 허용에 적극적인 기업은 인센티브를 준다고 한다. 겸업과 부업을 장려하고 있는, 강력한 체력을 강권하는 일본에 비해서 소극적이지만 미국도 겸업이 가능은 하다. 구글, 페이스북도 직원의 부업을 조건부로 허용한다. 우리나라 대기업은 아직 아니다. 떠오르는 사람이 있다. 일본식 술집을 부업으로 하다 걸려 회사를 나갔단다. 젓가락 주문을 수차례 회사 전화로 한 모양이었다. 참다못한 동료가 감사에 찔렀다고 하는데, 이건 약과다. 사무실에 코인 채굴기를 설치하다 적발된 이들도 있었다.

내 경우 출간을 하면서 당시 직장에 겸업을 허락받은 바 있다. 이젠 정말 체력, 실력 말고는 볼 게 없는 벌거벗겨진 찐 세상이 내 앞에 펼쳐졌다. 나를 끌어줄 확실한 동아줄은 학벌도 지연도 연줄도 아닌 오로지 실력과 체력. A부터 Z까지에서 몇 개는 똑부러지게 잘할 줄 아는 믿음직스러움과 체력적 굳건함, 정열, 그게 뒷받침되어야 무 자를 칼을 한 번이라도 휘둘러보지 않겠는가.

작가는 군살이 붙으면 끝장이라는 하루키 선생님, 복싱 게임으로 체력 관리하고 측정 나이는 29세를 자랑하는 김영하 작가님, 그리고 겸업이든 뭐든 온전한 정신으로 주어진 일을 해내야 하는 나 같은 분들은 건강과 그에 따른 맑은 정신, 특히 노화를 대하는 여유로운 태도가 필수다. 햇볕에 눈

뜨기가 버거울지라도, 숨이 턱턱 막힐지라도 퇴근 후 1만 보
는 꼭 걷자. 힘 좀 나게 야발라바히기야모하이마모하이루라
주문도 외우자. 이참에 하정우의 《걷는 사람, 하정우》를 다
시 읽어본다.

매일이 절정일 수는 없지만

헤밍웨이, 《헤밍웨이의 말》, 마음산책
김지우, 《도서관으로 가출한 사서》, 산지니

8년 만에 전 직장 동료를 만났다. 하루 종일 실습하고 눈에 퀭함이 그득한 나를 두고 안쓰러운 듯 말했다. "뭘 딴다고? 언닌 예전부터 사서 고생하는 스타일이었어." 나도 안다. 편하게 있는 걸 몸서리치게 싫어하며 끊임없이 뭔가 하는 자체에 마음의 위안을 얻는 걸. 이어지는 나의 독백 '평생 종종대는 건 죽어야 끝나. 사람은 고쳐 쓰면 탈 나지.'

두 시간 넘게 긴 수다를 끝내고 여주에 사는 고모가 애써 기른 복숭아 몇 알과 통영 곱창김을 바리바리 싸서 손에 쥐여 줬더니만 그 자체만으로도 행복해하는 해맑은 친구의 모습을 눈에 담았다. 예전에도 지금도 작은 것에 기뻐하고 하루하루 행복하게, 너는 늘 매일을 절정같이 사는구나.

절정, 꽃이 핀 것…. 거칠고 모진 겨울을 끝내 이겨내고 앙상한 가지를 뚫고 영롱하게 핀 꽃을 보면 그 생명력에 감탄하지 않을 수 없다. 무릇 사람의 삶도 비슷하지 않나. 인간사 자연스런 흐름 중 모두 자신만의 황금기가 있다고 하는데, 아직 절정을 맞지 않은 내가 문득 든 생각 하나. 아마도 흐릿한 과거의 회상이나 아련한 추억, 미래의 작고 소중한 희망이 어우러지는 어느 여름날 매서운 소나기를 뒤로 한, 반짝 무지개 같은 거, 절정 아닐까. 매일 작은 무지개 하나씩 그려가며 살아가는 것, 이 또한 능력이고 재주라고 생각한다.

매일이 무지갯빛 황금기라는 거리감 가득한 생각에 더해 아득함까지 밀려온 어제, 한 시간이나 긴 인터뷰를 마치고 돌아오는 길은 타고 온 수인선 19.9킬로미터보다 더 길고 길었다. 내가 좋아하고 잘하는 일을 하기 위한 기회를 찾아가는 지난한 과정… 죽으면 어차피 땅으로 돌아가는 회귀의 일환일 것이다. 그러나 그 전까진 내 손으로 도저히 끝낼 수 없어 이 또한 견디며 지나가야 하는 험하고 먼 길인 것 같다.

증권사 때려치우고 35세 나이에 뒤늦게 시작한 그림에 예술혼 전부를 쏟아 부은 폴 고갱의 '우리는 어디서 왔는가, 우리는 무엇인가, 우리는 어디로 가는가'(1897년)라는 작품이 있다. 이 그림을 그릴 당시 그는 삶의 벼랑 끝에 있었다고 한다. 폐렴으로 죽은 딸의 소식을 들었고, 화가로 성공하지 못한 자기 자신을 자책하며, 죽음도 생각했다고 한다.

인생의 황금기를 맞이했든 맞이하지 않았든, 아직 기다리든 간에 스스로 다독이면서 나아가는 것이 중요한 것 아닐까. 고갱을 봐서라도 우리에게 아직 절정이 오지 않은 것을 서운하게 생각하지 말자. 최고의 오르가즘 후 꺾이고 져버린 형형색색의 아름다운 꽃들보단 살날이 아직 많으니, 흔들리는 마음을 다잡고 진득하게 한 발 한 발 내딛어야겠다고 다짐을 해본다.

"작가는 우물과 비슷해요. 우물은 작가들만큼이나 여러 종류가 있죠. 중요한 건 우물에 깨끗한 물이 있는 거고 그러자면 우물이 마르도록 물을 다 퍼내고 다시 차기를 기다리는 것보다 규칙적인 양을 퍼내는 게 낫습니다."[48]

　헤밍웨이는 오랫동안 매일의 작업을 꼼꼼하게 기록했는데 하루의 생산량을 400단어에서 700단어 정도로 유지했다고 했다. 최대한 많이 써도 1,000단어를 넘지 않았다. 아마도 깨끗하게 다시 차오르기만을 바라는 우물은 우리가 바라는 인생의 황금기이지 않을까. 그런 의미에서 매일 정량의 우물 파기처럼 이번 달은 여름휴가 대신 온전히 나에게 집중할 기회를 주는 독서로 일정량의 책 톺아보기를 해야겠다.

　책장을 펼치면 그때부터 오로지 나만 남게 된다. 세상의 복잡다단한 것들에 휘둘리던 나를 위로하는 시간을 확보하는 셈이니 이 또한 그토록 바라던 휴가가 아니고 무엇이더냐. 법륜스님의 말씀처럼 아직 오지 않은 내 절정을 넋 놓고 기다릴 게 아니다. 황금기는 바로 김지우의 《도서관으로 가출한 사서》를 보는 지금이다.

불타는 주말에 앞서

심혜경, 《카페에서 공부하는 할머니》, 더퀘스트

장명숙, 《햇빛은 찬란하고 인생은 귀하니까요》, 김영사

어르신들의 은퇴 후 생생한 이야기를 담은 웹진 같은 걸 만들어보면 좋겠다는 생각에 중고서점에 들러 책 몇 권을 샀다. 그중 단연 눈에 들어왔던 건, 12년차 번역가 심혜경의 《카페에서 공부하는 할머니》, 번역부터 바이올린, 기타, 수채화, 영화 이론까지 계속되는 공부의 향연에 고구마 천 개는 먹은 것 같이 콱 막혔다. 도대체 공부가 어떻게 놀이란 말인가. 곰곰이 생각해 보니, 공부의 목적은 인격의 형성이라고 하던데 그래서 끊임없이 해야 하는가 싶으면서도, 공부야

말로 삶의 권태기를 덜어내고 인생을 성실하게 살아가는 방법이라는 저자의 인터뷰에 고개를 끄덕였다.

또 한 분의 열정 가득한 어르신이 떠오른다. 책을 덮고 나서 1952년생 저자를 언니로 부르고 싶었던《햇빛은 찬란하고 인생은 귀하니까요》의 밀라논나. 명분이 없는 시간 따윈 결코 보내고 싶지 않다는 그녀는, 지금은 밀라노에서 열렬히 강의한다고 한다. 동양 및 한국 문화에 대해 특강을 하는데, 지금도 베갯머리에 이탈리아어 사전을 놓고 찾아가면서 공부를 한다고 한다.

코로나 펜데믹으로 공중보건과 백신 개발의 중요성이 커진 상황에서 작년 우정사업본부에서 발행한 기념우표의 주인공은 루이 파스퇴르였다. 그는 '열아홉 살의 의지, 노력, 기다림은 성공의 주춧돌'이라는 말을 남기기도 했는데, 결국 이것이 그를 미생물학과 세균학의 아버지로 이끌게 했다. 200년이 지난 지금, 그는 프랑스가 아닌 한국에서도 길이 기억되고 있다.

요즘 내게 공부란 스스로를 개선하고자 하는 열망이 있는 사람들의 실천이라는 생각이 든다. 뭐라도 보고 익히면 적어도 내 생각에 갇히지 않으니 말이다. 공부를 해야 통찰력도 용기도 생기는 법. 나에 대해, 남에 대해, 세상에 대해.

연탄재 함부로 차지 마라.
너는,
누구에게 한 번이라도 뜨거운 사람이었느냐? [49]

뜨거움을 위해 온몸을 하얗게 불살랐던 그 연탄재, 지금은 여기저기 사람의 발에 치이고 부서져 재로 남았지만 그러고 보면 저 연탄재처럼 한 번이라도 공부에 제대로 불타본 적이 있었던가 싶은 요즘이다. 2,500년 전 공자의 학습법은 치열했다고 한다. 미처 미치지 못할 것 같은 갈급한 마음으로 배움에 임해야 하며, 배운 것을 잃어버릴까 두려워하듯 임해야 한다고 한다. 공자의 제자 자공은 절차탁마까지 이야기했는데, 옥반지를 만들 때 톱으로 돌을 자르고, 자른 돌을 줄로 갈고 반지 모형을 만들고자 정으로 쪼고 모래 종이로 윤이 나게 문지르면서 갈고 닦으라는⋯ 또다시 도돌이표. 카페에서 공부하는 할머니를 알고 숨 막혔던 시점으로 원위치! 참 벅차다.

분명했던 건, 안온한 직장에 있다가 밖에 나와 보니 이제껏 무심했던 것들 투성이었던 4년 전, 그때부터였던 거 같다. 사람들은 어떤 생각을 하는지. 어떤 이슈와 문제들이 우리 근처에 있는지 궁금해졌다. 그래서 사회복지사 공부를 생각 했었다. 이 공부가 나의 외연 확장을 위한 진일보라고 마음 의 위안을 삼으며 안도현 시인의 〈너에게 묻는다〉를 중얼거 려 본다. 독서와 실습으로 불타는 주말을 당당히 기다리며.

3부

겸허해지기 위해
독서

켰다 껐다 하는 스위치처럼

최재천,《다르면 다를수록》, 아르테
강신주,《바람이 분다, 살아야 겠다》, EBS BOOKS

역대급 물난리로 지하철 중단, 도로 통제 등 퇴근길 호러 상황을 맞았던 K직장인의 기사를 읽고 분투하는 그들의 사진을 한참 바라봤다. 가슴이 먹먹해진다. 나야 버스 한 번 타면 10분 내로 회사에 오지만, 수도권 직장인 평균 통근 시간이 한 시간 20분이라는 점을 감안했을 때 실시간 교통상황을 보면서 발을 동동 굴렀을 그들을 생각하니 마음이 아팠다. 그럼에도 불구하고 꿋꿋하게 대처하는 K직장인들의 결기가 느껴졌다.

최재천의 《다르면 다를수록》을 보니 스스로 세워놓은 높은 생활수준에 맞추려 밤낮없이 일해 땔감을 저축하는 동물이 인간이라면, 없으면 없는 대로 조금 덜 먹고 덜 쓰는 동물이 바로 뱀이라더라. 객쩍게 돌아다닐 필요도 없을뿐더러 큰 뱀일수록 푸짐한 먹이 한 마리를 삼키고, 길면 몇 주씩 지그시 한 자리에 머문다고 한다. 뱀은 느림과 절제의 미학을 아는 동물이다. 빗속을 뚫고 출근하려고 부단히 애쓰는 근면 성실한 우리 신세보다 훨씬 낫다.

언제부터인가 은근과 끈기, 이런 말만 들어도 부담이 된다. 더욱이 갈아 만든 주스를 볼 때마다 우리네 인생 같다는 생각에 저릿함이 밀려온다. 열정과 수고 가득 온갖 과일을 꾹꾹 눌러 담아 서슬 퍼런 날이 반짝이는 믹서에 휙 속절없이 갈아 누군가 홀라당 마셔버리면 끝 아닌가. 섣부른 허탈감이 생기는 건 멀리 나간 과장일까. 기질적으로 책임감이 과도하고 강박 성향이 짙은 나는 이젠 거리를 두고 싶다. 불편하지 않을 정도의 거리감을 유지하는 관계, 약간의 시크함을 더해 차가움이 있는 사이로 남고 싶다고 해야 하나.

정확한 계산은 좋은 친구를 만든다는 말처럼, 할 수만 있다면 이 광속의 쳇바퀴 속에서 내 삶의 속도를 적절히 조절하며, 은근과 끈기를 집중할 시기 정도는 선택하고 싶다. 강신주의 《바람이 분다, 살아야 겠다》에서 꽃을 그리려면 꽃과 일정 거리를 둬야 그림을 그릴 수 있고 잘 묘사한다는 것은 거리를 둔 다음에 그 사이를 자신의 언어로 채워 넣는 것이라고 했다. 인생을 잘 살기 위한 지속적인 몰입도 그렇다. 조절 스위치를 켰다 껐다 하는 그 일정 기간, 그 틈도 중요하다. 이건 궁극적으로 인생을 어떻게 완주할 것인가란 문제로 귀결된다.

예전에 바꾼 아들의 카톡 프로필 사진이 오버랩된다.

해가 져서 밤이 오고, 그리고 또 해가 떠서 아침이 오듯, 슬픈 일이나 괴로운 일을 끝내기 위해 재밌는 일이 끝나는 거란다.

이 말의 출처를 찾아보니 애니메이션 〈보노보노 시즌 8〉의 마지막 에피소드에서 야옹이 형이 보노보노에게 하는 말이다. 즐거운 일은 왜 항상 반복되지 않지? 왜 끝나야 하는 걸까? 아쉽기도 하고 야속하기도 하다. 그리고 여러 생각 끝에 세상의 모든 일은 '끝'이 있는 거란 깨달음에 주인공은 납득하게 된다. 즉 슬프고 괴로운 일도 끝이 있어야 하는 것과 똑같이, 즐거운 일도 끝이 있는 법이라고 삶의 진리를 받아 들이게 되는 것. 그러니 스위치의 완급 조절을 통해 나의 안락지대를 쉬엄쉬엄 넓혀가고 불편함과 편안함을 반복하는 여정이 바로 우리 인생이라는 것. 나의 독서는 스위치의 온 오프 역할을 하는 거고….

　그나저나 아들아, 무슨 말인지 알고 바꾼 거 맞지?

헐렁하게 느슨하게

안정희, 《진작 아이한테 이렇게 했더라면》, 카시오페아
하지현, 《정신과 의사의 서재》, 인플루엔셜
전홍진, 《매우 예민한 사람들을 위한 책》, 글항아리

지인이 귀 주위가 찌릿하고 그 증상이 목까지 전이돼 이비인후과를 갔더니, 외이염이란 판정을 받았단다. 평소 귀에 전혀 손을 대지 않는데 이상하다 했더니 의사 선생님 왈, "스트레스가 쌓이면 약한 부분부터 반응이 옵니다. 마음을 다스리세요." 내가 본 그녀는 완벽주의자다. 외모에서는 모든 것을 받아줄 수 있을 만큼 너그러운 자태가 엿보이지만, 겪어본 바 일에서만큼은 철두철미함이 있었다. 그녀를 포함해 완벽주의자들은 대체적으로 스트레스에 무척 약하다.

안정희의 《진작 아이한테 이렇게 했더라면》을 보니 완벽주의자들은 프로크루스테스의 침대와 같다고 한다. 이름도 요상하고 어려운 프로크루스테스는 그리스 로마 신화에 등장하는 강도인데 지나가는 사람을 납치해 자신의 침대에 눕힌 다음 침대보다 크면 삐져나온 만큼 잘라버리고 침대보다 작으면 침대 가장자리까지 다리를 늘려 죽인다고 한다. 섬뜩한 자기만의 기준과 잣대가 있다. 그렇게 세상이 돌아가야 한다는 군은 심지까지 갖고 있고 말이다.

예전에 회사 근처에서 만난 후배의 아들은 초등학교 저학년인데 벌써부터 '왜 그래야 하는데?'를 입에 달고 산다고 했다. 그 조그만 아이도 자신이 납득할 만한 정확한 규칙이라는 걸 갖고 있는 것이다. 그러고 보면 나이와 성별을 불문하고 인간이라는 존재 자체가 나의 '왜'와 타인의 '왜'가 정확히 일치하지 않는 건 당연한 것이다. 내 기준대로, 내 이치에 맞게 돌아가지 않는다고 실망하고 속상해하고 스트레스를 받는 거 자체가 어찌 보면 웃기는 상황이 아닐까.

남 말할 것도 없이 회사 일로 식욕이 떨어지고 여기저기 염증이 생기는 요즘 나는, 완벽 따윈 생각 자체가 없다. 평소 표방하는 나의 쿨함은 작금의 상황에서 비춰보면 가짜 아닐는지. 그래서 몸이 버텨내지 못하는 중이다. 하지현의《정신과 의사의 서재》에 보면 폭력의 배후에는 상처와 무기력, 두려움이 있단다. 마음이 튼튼한 사람들은 굳이 타인을 괴롭히는 방식으로 감정을 해소할 필요가 없다고 한다. 타인을 빼고 '자기 자신'이라는 단어를 넣어본다. 결국 마음이 편치 못하니 내 자신을 못살게 굴면서 나쁜 감정을 덜어내려고 애쓰며, 종종 오는 무력함에 대한 자기감정을 회피하는 방어기제까지 생긴다.

그렇다고 남 일 보듯 덮어놓고 곯게 내버려두면 되겠는가. 스트레스와 불안을 일정하게 관리하고 일상적으로 조절하기 위해, 당장 뭐라도 해야 한다. 곰곰이 생각해보니 혼란스럽고 심정적으로 압박을 받는 상황 속에서도 기운을 주고 목적의식을 되살려주는 나만의 단어를 찾으려면 뭐니 뭐니 해도 '책'만큼 좋은 게 없다. 책만 생각하면 뿌옇고 부유함이 가득한 머릿속에 선명한 길이 보이고 상쾌함마저 드니, 불행 중 다행이다.

이번 주말 목표는 느슨하게 독서하기다. 이를 위한 나만의 시스템, 뭐가 있을까. 엎드려서 스테비아 토마토 몇 알 먹으면서 읽는 책이 그렇게 맛있다. 냉장고에 있는 토마토를 꺼내 찬물에 씻어야겠다. 눈에 힘 좀 빼고 목차만 훑어보고 읽고 싶은 부분만 보든지 내 멋대로 봐야겠다. 책을 먼저 집어 들고 내 내부의 자발성과 의욕을 살며시 꺼내어 읽어보자. 지금 눈에 띄는 전홍진의《매우 예민한 사람들을 위한 책》, 바로 너다!

명분, 염치, 있기 없기

이주연, 《사람이 염치가 있어야지》, 해피북스투유

최종엽, 《오십에 읽는 논어》, 유노북스

각각의 이름이나 신분에 따라 마땅히 지켜야 할 도리나 일을 꾀할 때 내세우는 구실이나 이유 따위를 명분이라 한다. 흔히 정치는 명분이 있어야 하고, 책임은 문제 회피가 아니라 문제 해결로 져야 하며, 말이 아닌 행동으로 보여줘야 한다고 한다. 비단 정치뿐만이 아니다. 나이가 들수록 명분에 맞게 행동하는 게 중요하다. 그 명분이란 건 염치가 있어야 파악이 더 쉽다. 이주연의 《사람이 염치가 있어야지》를 보면 염치는 자신의 지위 또는 사회적 역할과 개인적인 흠

결, 그 사이를 잘 알아가는 것이라고 한다.

염치, 사회적 수준, 그 깜냥에 맞게 있어야 하는데 안타깝게도 그걸 후천적으로 배우지 못한 사람들도 있다. 그래서 다름과 모자람까지 커다랗게 품어주는 공존은 어렵다. 염치의 감도를 높이기 위해선 우선 공감하고 많이 들어야 한다. 귀가 말랑말랑해진다는 이순 때까지 기다릴 필요도 없다. 당장 입은 다물고 귀를 열며 간접경험으로는 책만 한 게 없으니 반짝이는 눈만 있으면 된다. 최종엽의 《오십에 읽는 논어》에서 옛사람들의 삶의 기준이었던 '지자요수 인자요산'을 직장인에 빗대어 이야기를 해주는데 무릎을 쳤다. 직장생활을 30년 한다고 했을 때 전반기 15년은 지자요수의 기준을 삼아 시대의 지식과 정보에 귀를 기울이고, 후반기 15년은 인자요산으로 사람에 눈을 돌려야 한다고 한다. 일은 사람이 하니 사람의 마음을 사지 못하면 좋은 아웃풋을 낼 수 없다고 한다.

일은 사람이 합니다. 사람의 마음을 사지 못하면 좋은 결과를 얻을 수 없습니다. 우리의 삶도 그렇습니다. 우리가 100년을 산다면 50세까지는 지자의 삶이, 50세 이후부터는

인자의 삶이 더 어울립니다. 지금까지 빠르고 치열하게 나와 우리 가족만을 위해 살아왔다면, 이제부터는 조금 더 타인을 생각하고 사랑하는 마음의 여유와 도량을 지닌 채 살아가보는 게 어떨까요. [50]

　미국에서 교통사고를 당해 소송을 하면서 변호사에게 큰 도움을 받았다는 지인의 이야기가 떠오른다. 변호사라는 직업이 억울하고 기가 막힌 사람을 살릴 수 있다는 경험 때문에 자신의 딸도 그리 됐으면 좋겠다고 그녀가 말한다. 그 강한 욕망 때문에 딸과 진로에 대한 커뮤니케이션에 어려움이 있다고 그녀가 호소를 한다.

　"언니, 내가 로스쿨 1기 시험 떨어졌잖아. 나도 노력을 했단 말이야. 근데 로스쿨뿐만 아니라 나도 여러 가지 시도들을 해보고 잦은 실패를 겪어보니까 함부로 권하지 못하겠더라고. 변호사가 좋다고 판단한 경험은 언니 것이지만 그걸 하기 위한 앞으로의 과정은 딸의 몫이니 아이가 원하는 대로 선택할 수 있게 일단 지켜보는 게 어떨까."

　공자는 마흔에 지자가 되었고, 오십에 인자가 되었다고 한다. 인은 사람을 사랑하는 것, 내가 했던 경험을 통해 습득한 지식이나 지혜를 알려주는 것보단 그 사람 자체를 인정하고, 알아가는 게 진정한 오십 대의 인자가 아닐까. 내가 알려주는 그 행위 자체가 좋은 취지나 명분에서 비롯된 것일지라도 상대는 강요로 느낄 수 있는 건 또 다른 문제이다. 내 의도나 목적과 꼭 일치되라는 법이 없으니까. 그래서 내 염치를 알고, 내 행위와 언어의 명분을 찾는 것 또한 앞으로 닥칠 인생의 과제가 아닐까.

아니, 벌써부터 무슨 걱정일까. 지금도 내 명분이, 내 염치가 내 나이에 맞게 가고 있는지 스스로 알고 있나. 책이나 읽자고 다짐하는 연휴 다음 날.

사회적 뇌, 렛츠 겟 잇

하하키기 호세이, 《답이 보이지 않는 상황을 견디는 힘》, 끌레마

남기업, 《아파트 민주주의》, 이상북스

대통령을 두고 말의 점령자이며, 회의 발언 70퍼센트를 독점해 참모들 입을 막는 스타일이라는 어느 정치 컨설턴트의 평가에 웃음이 나왔다. 70퍼센트는 양반이다. 30퍼센트의 여지라도 있으니 비집고 들어갈 틈이라도 있지. 회의시간에 풀타임 전력 질주하는 리더들을 못 보셨나 보다. 열과 성을 다해 일장 연설하는 분들을 보면 예전부터 궁금했다. 독주할 거면 회의나 미팅은 왜 하자고 하는 걸까. 본인이 결정하고 결재하면 되는데 추후 잘못되었을 때를 대비한 형식적

인 절차인 걸까.

"혼자서는 할 수 있는 것이 아무것도 없었다." 인지도 제로였던 tvN을 예능채널로 키운 나영석 PD가 어느 시상식에서 밝힌 수상 소감이 화제가 된 적이 있었다. 그는 회의에서 선배든 후배든, 누군가의 조언을 허투루 듣지 않는다고 한다. 훌륭한 동료들이 옆에 있었고, 그들에게 묻고 일상을 나누었기에 성공이 가능했다. 종합예술인 정치와 행정은 오죽하며, 회사 경영은 말할 것도 없다. 현재 우리의 삶이 tvN 〈지구오락실〉보다 못한 건 아닌지 씁쓸함이 밀려온다.

공감력은 동물도 적정 부분 갖고 있다고 한다. 예를 들어 실험용 쥐를 넣은 우리 두 개를 나란히 놓고, 한쪽 우리에는 물을 부어 쥐가 익사하기 직전까지 스트레스를 가한다고 치자. 다른 우리에 넣은 쥐는 그 모습을 바라보고 있게만 한다. 나중에 스트레스성 위궤양의 유무를 조사하자 익사 직전까지 스트레스를 받은 쥐의 위에서 위궤양이 발견되었다. 그런데 놀랍게도 옆에서 지켜보기만 했던 쥐에게도 같은 병변이 나타났다!

동물도 사회적 뇌를 갖고 있다는 추론이 가능하다. 우리 인간은 타인을 이해하려고 애쓰는 1차원적 역량조차 갖지 못한 것인가. 하하키기 호세이의 《답이 보이지 않는 상황을 견디는 힘》을 보면 공감 능력도 3단계로 볼 수 있다고 한다. 2단계가 타인의 감정이나 고통을 나누는 능력이고, 3단계는 영적 공감이다. 분명한 건 셋 다 소극적 수용력이 없다면 그 자체가 일어나기 힘들다는 것이다.

다음 단계는 타인의 감정이나 고통을 나누는 능력을 기르는 것이다. 이렇게 하면 설령 대립이 생긴다 하더라도 좀 더 밝은 미래를 향한 전망을 잃지 않을 수 있다. 이 선생의 말에 따르면 그보다 더 높은 단계인 '영적 공감'이 기다리고 있다고 한다. 즉 인간 역시 생물이기에 공감의 토대를 타고 나기는 하지만, 이러한 토대를 더 깊고 단단하게 만들려면 부단한 교육과 노력이 필요하다는 것이다. 이처럼 공감이 성숙되어 가는 과정에 반주자처럼 항상 따라다니는 것이 바로 소극적 수용력이다. 바꿔 말하면 소극적 수용력이 없는 곳에서는 공감이 자랄 수 없다.[51]

허공에 매달린 상태를 어떻게든 지탱하려고 애쓰는 힘이 바로 소극적 수용력이다. 불확실한 상황이나 정황을 지켜보면서 놀랍고 의심스러운 상황을 견디는 능력, 이것이야말로 대상의 본질에 다가가는 방법이다. 특히 그 대상이 사람일 경우 상대방을 진심으로 배려하는 공감에 다다르는 길이기도 하다. 왜냐하면 사람은 사회적 존재이고 내 세계는 내가 있는 작은 공동체에서 시작되기 때문이다.

그런 의미에서 칼만 들지 않았을 뿐이지 완전 활극인, 아파트 회장 분투기를 담은 남기업의 《아파트 민주주의》를 추천한다. 저자가 동 대표에 회장까지 하려고 했던 건 바로 지인의 권유, "정의를 입에 달고 살면서 자기가 사는 동네일에는 왜 관심이 없느냐. 나라의 변화도 가장 작은 단위인 마을이 바뀌어야 가능한 거 아니냐." 이 말 때문이었다고 한다.

이 책은 우리 삶의 일부, 공동주택 주민들의 작고 큰 단위의 공감도, 평화로운 공존도 어렵고 더디다는 의견을 고스란히 담았다. 그만큼 공감과 경청은 끝내고 해치울 숙제가 아니라 살아 숨 쉬는 현재진행형 동사이며 평생의 과제이다. 이제라도 독서를 통해 사회적 뇌를 챙겨보자.

거저 되는 것도, 대단한 것도 없는

이종건, 《연대의 밥상》, 롤러코스터

"배고파요. 빵 좀 구워주세요."

주말마다 사회복지사 실습을 위해 오전 9시경 그룹홈에 출근을 한다. 신발을 벗자마자 들리는 목소리에 헐레벌떡 부엌에 들어와 한 시간 내내 8인분의 토스트를 굽고, 소세지 야채볶음에 볶음밥까지 후다닥 해다 바쳤더니만, 중학생 아이는 식탁에 앉자마자 유튜브 삼매경. 내가 만든 음식에 집중했으면 좋겠다는 서운함과 안타까움이 뒤섞여 보다 못해 아이에게 한소리를 했다. "씹어 삼키는 것이 먹는 일의 전부가 아니야. 이 음식은 어떻게 만들어졌을까. 얼마나 정성이 들어갔을까 생각하면서 먹는 게 어때."

이종건의 《연대의 밥상》을 읽었더라면 더 친절하게 이야기해줬을 텐데. 저자는 사람은 마음을 먹으니까 그래서 외로움은 배고픔이고 결국 배고픈 마음들이 밥상을 차리는 것이라 했다. 내가 없는 솜씨를 부려가며 아이들의 밥상을 정성껏 차리는 건, 밥 한 끼에 내 진심과 애정을 알아주고 소화해줬음 하는 바람이 있기 때문이다. 실제로 놀이 치료할 때 음식은 큰 역할을 한다고 한다. 이 세상에서 가장 맛있는 음식을 만들어서 친구들에게 나눠주고 먹게 하는 놀이를 하게 되는데, 그건 그동안 자신이 경험했던 관계를 표현하는 것이라고 한다.

연대한다는 것은 결국 타인의 공허함에 웅크린 나를 욱여넣고, 그렇게 내 가슴에도 무언가 채워 넣는 것이다. 그렇게 스며들어 서로의 살과 피가 되는 일이다. 서로 관계하는 일이고, 가만히 내버려두지 않겠다고 다짐하는 일이다. 인정하든 인정하지 않든 명백하게 혼자서는 살 수 없는 존재인 인간이 함께 살기 위해 선택한 가장 적극적인 방식이 '밥상'이다. 우

리는 밥상 앞에서 당신과 내가 고통과 기쁨, 배고픔을 느낄 줄 아는 보통의 몸뚱이임을 확인한다. [52]

안정된 애착관계를 형성하지 못했거나 학대를 받은 아이들의 경우 사람들에 대한 불신이 커서, 대부분의 사람들이 자신을 괴롭히고 힘들게 할 거라는 생각을 한다고 한다. 이런 아이들은 타인을 경계하고 의심하게 되며, 그래서 놀이치료를 할 때 독이 들어 있는 음식을 먹여서 상대를 죽게 만들기도 한다. 또한 이상한 맛을 재현해 자신의 인간관계에서 안 좋았던 관계를 재현하기도 한다고 한다.

밥 한 끼에 웬 호들갑이냐고 하겠지만, 그룹홈의 아이들은 대부분 부모의 학대나 유기로 인해 여기에 오게 된다. 이 아이들의 고되고 외로웠던 아픈 시간에 공감해 보며, 밥 한 끼에 정성과 사랑을 담아본다. 그리고 관계의 맛을 알아가게 만들어 준다면 그 또한 보람과 성취가 있지 않을까. 그리고 하나 더 알려주고 싶다. 세상엔 거저 되는 게 없다는 그 진리.

우리의 하루를 되짚어 보면 어떤 이들의 크고 작은 수고에 의해 이뤄지는 경우가 대부분이다. 그 노력들이 흔적을 남기기도 하지만 보이지 않을 수도 있다. 우린 그저 감사하면 된다. 시댁에서 형님께 얻은 유산균으로 한동안 꾸덕한 요구르트를 매일 만들어 먹은 적이 있다. 오도독 씹어 먹고 싶을 땐 너트를 넣기도 하고 달달함이 필요할 때는 냉동 블루베리를 녹여 먹기도 했다. 요구르트 만들어 먹는 것도 큰일인데, 형님은 그동안 대가족의 대소사를 책임지느라 얼마나 고생이 많았을까, 그렇게 문득 되돌아보게 되었다.

그러니 거저 되는 삶도 대단한 삶도 없다고. 번거롭고 소소한 일을 해내며 사소한 즐거움이나 때론 가벼운 실망으로 채워가며 그럼에도 불구하고, 꿋꿋하게 씩씩하게 살아가면 된다고 아이들에게 말해주고 싶다.

이번 주말엔 냉장고에 있는 보랏빛 가지를 볶아볼까. 아점 후 부른 배를 내밀고 한 시간 남짓 아이들과 함께 보는 책이 정말 꿀맛이다. 주말이 기대되는 목요일이 지나간다.

어찌 저찌 해서 살아지는 것처럼

이유남,《엄마 반성문》, 덴스토리

서울시가 아이 봐주는 조부모 등 친인척에게 소정의 돌봄 수당을 지급한다는 뉴스를 보고 아이 때문에 허덕였던 과거가 생각났다. 내 자기소개에 빠지지 않는 단골 멘트, "출산 휴가 3개월 빼고는 쉬지 않고 일했어요." 나만 안 쉬고 일한 건 아니다. 내 엄마, 내 아버지가 나와 내 남편의 역할, 내 몫을 대신 해주었기에 그때 그 아기는 어찌어찌 해서 시크한 중학생이 되었다.

내 의지 50에 주어진 환경 50을 더해보니 어떻게든 살아졌다. 자신이 편견 없이 자랄 수 있었던 건 모두 외할머니 덕분이었다고 말하는 오바마 전 미국 대통령. 어느 행정복지센터의 영어강의를 매주 듣는 학구열 넘치는 나의 어머니 덕택에 나의 아들은 뭘 배우고자 할 때 거부감이 없다. 다행이다.

무거운 아이를 들어 올리다 손목터널증후군, 허리디스크와 같은 손주병에 시달리면서까지 품에 늘 끼고 사셨던 그 세월에 보답이라도 하는지, 주 양육자였던 나의 부모님을 아들은 나보다 더 살뜰하게 챙긴다. 시아버지가 코로나에 걸려 건강이 좋지 않으시다는 이야기에 나보다 먼저 아들이 안부전화를 드렸단다. 기특하게도.

우는 어린 아이를 냉정하게 두고 서울과 남쪽 도시를 오고갔던 그 세월들이 켜켜이 쌓이고 누적돼 이제는 고운 결을 맞추듯 윤이 나고 반짝인다. 나도 부모가 되어서야 내 부모의 고단하고 무거웠던 삶을 조금이나마 알 수 있었다고 하면 늦은 변명일까. 그래도 꾸역꾸역 여기까지 왔으니, 지금이라도 알았으니 됐다. 그렇게 매일 감사하며 살아간다.

새 학기 적응에 여념 없는 아들을 할머니의 종일 케어에서 드디어 자립시키느라 두 손으로 머리를 감싸 쥐었던 때, 오랜만에 본 고교 동창을 보고 부끄럽게도 나를 돌아보게 되었다. 중학생 딸과 어린 아들을 번듯하게 그 누구의 도움 없이 손수 키우느라, 차분히 묵묵하게 본인의 삶을 살아내는 그녀를 보면서 나는 뭐 대단한 거 한다고 온종일 얼굴이 벌게 있었을까. 조금은 창피했다.

자신과 화해한 자만이 세계에 대한 공정한 태도를 유지할 수 있다는 에릭 호퍼의 말처럼 수시로 끓어오르는 분노와 상심을 누른다. 한없이 모자란 날 탓하며 그래도 나와 화해해야지 별 수 있겠는가. 생물학적 나이만 성인이면 되겠는가. 품이 넓은 어른이 되려면 아직 멀었다. 엄마가 처음이라 여러 가지로 미안하다. 입버릇처럼 하는 말부터 고쳐야지.

"애는 잘 커요?"

"말 안 들어요."

말 잘 들으면 아이가 아니다. 나도 저 때 말 안 들었으니. 돌이켜보면 어긋나는 순간들이 많았고 나 때문에 부모님 속도 썩어 문드러졌는데, '내 아이는 그러면 안 돼'라는 시건방진 생각은 대체 뭘까? 내 속만 편하게 생각한다고 반성부터 하게 된다. 요즘 부쩍 아들과 이야기할 기회가 많은데 말할수록 내 아이가 맞나 싶다. 15년 전 내게서 분화되어 독립된 또 하나의 주체로 인정해야 하는 시점이 온 것 같다.

이유남의 《엄마 반성문》을 보면 이스라엘 부모들이 아이들에게 많이 하는 말이 바로 "마타호쉐프"라고 한다. 그 뜻이 '그래, 너의 생각은 뭐야?' '너는 어떻게 하고 싶어?'란다. 내가 산 세상보다 더 새롭고 낯선 세상을 살아가고 있는 이 아이에게 나의 말이, 나의 훈육이 무슨 의미가 있을까 곰곰이 생각해본다. 학원에서 밤늦게 돌아올 아이를 기다리는 중, 녀석이 좋아하는 블랙핑크와 아이브 곡을 들어본다. 엄마는 빅뱅의 '봄 여름 가을 겨울'이 좋은데, 너는 마타호쉐프? 아차차. 내 독서의, 내 성찰의 마타호쉐프는?

"… 아름답던 우리의 봄 여름 가을 겨울 … 비 갠 뒤에 비애 대신 a happy end … 칠색 무늬의 무지개 철없이 철 지나 철들지 못해 철부지에 철 그른지 오래…"

퇴적이 아닌 축적으로

태윤정, 《홍보의 마법 스타트업 전쟁에서 살아남기》, 플랜비디자인

태윤정, 《대한민국 오피니언 리더를 위한 미디어 트레이닝》, 커뮤니케이션북스

이정동, 《축적의 길》, 지식노마드

이춘수 외, 《세상에서 가장 아름다운 곳, 동네책방》, 사계절

스타트업 홍보 대행사 태윤정 대표가 쓴 《홍보의 마법 스타트업 전쟁에서 살아남기》를 흥미롭게 본 터라 그녀가 2007년에 쓴 《대한민국 오피니언 리더를 위한 미디어 트레이닝》을 중고 서점에서 사서 읽었다. 그 당시 386세대 정치인들의 메시지에 대해 평하는데 그 예지력에 놀랄 '노'자다. 젊은 유권자들은 정치인들이 내놓은 메시지나 공약 등이 자신의 삶에 이익과 편리가 되는지부터 따져본단다. 그들에게 거대 담론이나 이념은 유효성을 다했고 80년대 민주화 운동

의 동력이었던 사십 대 역시 생활에 영향을 미치는 사안에 관심을 기울인다고. 따라서 정치인들도 대중의 관심사를 더 들여다보고 클린턴처럼 어린이 비만이나 에이즈 퇴치 같은 구체적이고 친근한 주제로 다가서야 한다고 조언한다.

이래서 오래 묵은 것들이 미래를 여는 열쇠가 되는 건가. 2022년 늦은 봄, 몇몇의 운동권 세대 정치인들이 은퇴하며 본인들은 이 시대가 원하는 생활 정치에 맞지 않고, 그 기대와 열망에 부응하지 못해 자리를 내려놓는다고 했다. 그녀가 지적했던 게 적중했고 15년 동안 쇄신하지 못한 자들은 지금, 역사의 뒤안길로 사라지는 중이다.

바야흐로 축적의 시대다. 이정동의 《축적의 길》에서도 언급했듯이 고수를 키우지 않는 대부분의 조직에서는 단지 나이가 많고 그 분야에 오래 있었다는 이유만으로 대우받고자 하는 문화가 생긴다. 그러나 도전하지 않고 연차만 올라가면 썩게 된다. 고인물 썩는 고약한 악취에 젊은 고수들이 발을 붙일 수 없다. 그러니 진정한 고수들이 많다는 건 그만큼 다양성이 존중되고 있다는 뜻이다.

예전 직장에서 나의 상사는 비전공자이고 기술 문외한인 나를 기술기획에 등용했다. 그분 덕택에 엑스포 전시, 해외

신제품 론칭 쇼, 해외 인턴십 프로그램 운영까지 도맡게 되었다. 동향보고서 작성에 기술교육시스템을 구축도 했다. 그때 나를 문송(문과라서 죄송합니다)이라고 배척했다면, 나 같은 이단아들의 도전과 응전의 기회는 영영 없었을 거다. 같이 일했던 문송인 후배가 일찍 승진도 하고 해외에도 나갔으니, 나의 축적이 퇴적은 아니었나 보다.

지나간 세월이 별 볼 일 없었다면 앞으로 남은 세월 역시 마찬가지일 것이다. 발전을 위해 노력하지 않았는데 발전을 기대하는 건 도둑이다. 흘러온 과거는 미래를 보여주는 거울이자 기록이지만 오래된 경력만 내세우며 늘 똑같은 관점으로 바라보려는 구태의연한 2,30년짜리 경력 따윈 더 이상 자랑거리도 아니며 언급할 필요도 없다. 문제는 관점과 그에 따른 실행이다. 내가 왕년에 잘나가서 어쩌고저쩌고. 왕년과 지금의 차이를 극복하지 못하면 그건 하류의 주절거림일 뿐이다. 그러니 진짜로 보여주면 된다. 나의 경력이, 나의 축적이, 나의 분투가, 악취 나는 고인 물이 아니라는 걸. 응전과 도전의 몸부림이었고 다양성의 한 주축이었다는 걸.

"나는 책 한 권을 책꽂이에서 뽑아 읽었다. 그리고 그 책

을 꽂아놓았다. 그러나 나는 이미 조금 전의 내가 아니다." [53]

앙드레 지드의 말에 힘입어 보다 새로운 축적의 시간을 위해 책과의 분투를 좋아하는 사람들을 만나고 싶다. 당진의 '오래된 책방' 주인이 함께 쓴《세상에서 가장 아름다운 곳, 동네책방》을 손에 쥐고 수요일 저녁을 맞는다.

쉿 하고 살며시 건네 보는 책

매리언 울프, 《다시, 책으로》, 어크로스

드디어 사회복지사 실습 80시간이 모두 끝났다. 아이들과 같이 활동하고 보살피는 건 얼마든지 할 수 있었다. 하지만, 곤욕스러웠던 건 실습보다 본인의 이야기를 누군가와 나누고자 하는 열의가 강한, 다(多)말-증이 의심되는 분들의 무차별 살포에 투항하는 것이었다. 그래, 졌다! 시베리아에서 에어컨 판매왕도 될 수 있다며 자부하는 나도 유독 이런 이들에게 약하다.

하루 종일 무슨 말이든 하고 싶어 입이 근질근질한 심리는 도대체 뭘까. 이렇게 아깝고 고귀한 에너지를 왜 허무하게 소비하려 들까. 타인이 물어보지도, 알고 싶어 하지 않는 정보들을 쏟아내던 투머치 토커들로 인해 어질어질하고 귀가 찢어지는 것 같은 고통을 느낀 지 오래다.

지난 주말, 도저히 견디기 어려워 뙤약볕을 혼자 온몸으로 맞으며, 1만보 넘게 걸었다. 침묵의 시간이 필요했다. 인정 투쟁, 사람들은 자신의 이야기를 말하고 증명하는 것을 좋아한다지만, 말을 너무 많이 하는 이유에는 여러 가지 심리적 요인도 보탤 수 있다. 외롭거나 공허하거나 불안하거나.

그렇다 하더라도 사람들은 왜 자기 자신에 대해 이야기하는 것에 대부분의 시간을 할애할까? 어떤 이는 자기 자신에 대해서 이야기하고 설명할 때 자극되는 뇌 영역이 활성화된다고 한다. 다말증으로 의심되는 어느 분 왈, 냉대와 무관심에 어디에서도 본인에 대한 이해를 구하기 힘들었다는 말에 "저는 사람에게 기대가 없어요"라고 대답했다. 돌아오는 말은 "상처받는 일이 많으셨나 봐요." 나는 답했다.

"아뇨, 제 기대만큼 저도 부응하지 못하는데, 남들이라고 별게 있겠어요? 그러니 기대를 말아야죠."

인생의 가장 큰 기쁨은 자신이 인정하는 목표를 위해 살아가는 데 있다. 우리는 세상이, 타인이 자신의 도파민 뿜뿜을 위해 노력해주지 않는다고 잔뜩 화를 내며 원망할 필요가 없다. 내가 책을 읽는 이유는 온전히 혼자가 되는 기쁨을 느끼기 위해서다. 이건 전적으로 내 책임이며 내 몫이다. 남의 호응을 기대할 필요도 없다.

독자에게 보내는 편지 형식인 매리언 울프의 《다시, 책으로》를 어떤 이들은 깨어 있는 내내 디지털 텍스트를 읽어야 하는 우리에게 주는 일종의 책 처방전이라고 이야기한다. 특히 다말증이 의심되는 분들을 가까이에 둔 분들에게 이 책을 추천하고 싶었다. 말의 융단폭격으로 인해 더 이상의 인내심이 남아 있지 않다는 생각이 들기 시작할 때, 욱하고 소리 지르기 전에 그들에게 이 책을 슬쩍 건네 보는 건 어떨까.

대체불가란 없다

파울로 코엘료,《내가 빛나는 순간》, 자음과모음
짐 콜린스,《위대한 기업은 다 어디로 갔을까》, 김영사
정지우,《인스타그램에는 절망이 없다》, 한겨레출판
요아힘 바우어,《공감하는 유전자》, 매일경제신문사

이나모리 가즈오 교세라 명예회장이 향년 90세 일기로 영원히 잠들었다. 일본항공을 파산에서 건져 올린 그는 일본에서 존경받는 3대 기업인으로 손꼽힌다. 고작 3천만 원으로 사업을 시작해 세계 100대 기업으로 성장시키고, 70대 중반, 8개월 만에 24조 원의 빚을 갚아버린 경영의 신. 최근 10년 교세라의 적자 때문에 그도 요즘 트렌드에 맞는 경영으로 변모했어야 한다는 거센 지적을 받기도 했다.

1988년부터 35년간 〈전국노래자랑〉을 맡았던, 향년 95

세 나이로 타계한 MC 송해 선생님, 그가 '일요일의 남자'로
〈전국노래자랑〉이란 걸출한 프로그램의 상징성을 지켜온
터라 그 후임이 초미의 관심사였다. 그리고 팔방미인 개그우
먼 김신영이 선정되었다. 공진단을 주문해놨고 몸이 부서져
라 모든 것을 바치겠다는 결의를 보고, 송해 선생님을 더는
생각나지 않게 할 것 같다는 왠지 모를 확신이 들었다. 예측
이 들어맞았다. 매 회마다 성황을 이루고 있다.

"뭐든 대체불가한 절대적인 건 없다."54」

파울로 코엘료의《내가 빛나는 순간》에서는 새로운 시대
를 맞이하려면 오래된 시대는 마무리 지어야 한다고 말한다.
지나간 것은 돌아오지 않고, 돌이켜보면 그동안 대체 불가라
고 생각했던 일이나 사람이 없어도 잘 살아남는다. 관행이란
별게 아니라고 했다. 나 역시 '나 말고 일할 사람이 어디 있
어?' 내가 아니면 안 된다고 생각했던 시절이 참 많았다. 밑
도 끝도 없는 오만과 자아도취, 창피하고 낯부끄럽다. 이 구
절을 맞닥뜨리니 정신이 번쩍 든다.
짐 콜린스의《위대한 기업은 다 어디로 갔을까》에선 기

업이 추락하는 원인을 이야기한다. 그러나 우리가 짐작하는
내용과 좀 다르다. 흔히 새로운 걸 거부하거나, 대담한 실행
을 하지 않거나, 변화에 무관심하거나, 현실의 안락함에 젖거
나 하는 이유를 짐작하기 쉽다. 그러나 조사를 해보니 기업들
이 현실에 안주해서 망했다는 증거는 찾을 수 없었다. 오히려
욕심으로 자멸한 경우가 많았다고 한다.

 사람들은 흔히 위대했던 기업이 추락하는 원인은 대부분
혁신 거부, 과감한 행동 부재, 변화 등한시에 있거나 아니면
단순히 게을러서 현실에 안주하다가 뒤처졌기 때문일 것이
라고 추측한다. 하지만 우리가 실제로 조사한 데이터는 그렇
게 이야기하지 않았다. 물론 현실에 안주하고 변화와 혁신을
거부하는 기업은 결국 망한다. 그런데 놀랍게도 우리는 조사
한 기업들에서 현실에 안주해 몰락했다는 증거를 찾아내기
어려웠다. 그보다는 오히려 과도한 욕심으로 스스로 화를 자
초한 경우가 대부분이었다. [55]

 가장 무서운 적은 나를 모르는 나, 과신하는 나가 아닐까.
어떤 이들은 조직을 망치는 건 내 주위의 간신배들이라고 하

는데 그걸 인지하지 못하고 팔랑거리는 내 눈과 가벼운 귀를 탓해야지 뭘 탓하겠는가. 정지우의 《인스타그램에는 절망이 없다》에선 옳음과 친절함 중 하나를 택하라면 친절함을 택하고, 올바름이라는 폭력 아래 무수한 타자들이 굴복해왔으니 상대에게 자신을 내어주자 한다. 그렇다. 스스로 주제 파악만 제대로 된다면 적시에 낄 때 끼고, 빠질 때 빠지는 정도는 가능할 것이다. 그렇게 하면 망해가는 기업은 위기 신호가 오기 전에 충분히 감지하고 멈출 수 있을 것이다.

'올바른 것을 행한다'는 명분 아래, 그에 대한 손쉬운 복종 아래, 눈앞의 타인에 공감하고 그를 사랑할 수 있는 기회가 수없이 사라졌다. 그 올바름의 역사는 여전히 진행 중이다. [56]

대체불가한 절대적인 건 없다. 세상에, 그 어떤 것이든. 그렇게 우린 수많은 대체불가들을 갈아치우며 변화하고 적응해왔다. 이것만 머릿속에 넣고 책상 옆을 보니 요아힘 바우어의 《공감하는 유전자》가 있다. 책을 펼치기 전에 끄덕끄덕 고갯짓 연습부터.

피스타치오 아이스크림이 생각나는

문성후, 《부를 부르는 평판》, 한국경제신문

정여울, 《비로소 내 마음의 적정 온도를 찾다》, 해냄

아는 기자님 왈, "누구가 그동안 너네 부서에 가고 싶어했는데, 너 때문에 못 갔다고 하더라."

이게 무슨 소리, 여기저기 핵폭탄 떨어져 장렬히 전사하는 사람들 투성이인 여길 오려는 사람이 있다니? 희한했다.

퇴사를 앞둔 마당에 그냥 넘어가려 했으나, 짚고 넘어가는 게 맞을 거 같아 메일을 간단히 드렸다. '인사는 인사권자가 하는 거니 오해 마셔라. 나는 인사권자 너머의 역량이 전혀 안 된다. 만약 그랬다면 나와 같이 고생했던 사람들이 이

미 조기 승진되고도 남았다.'

　잘 알지도 못하면서 어쩌고저쩌고. 물어보지도 않고 지
레 짐작하고 합리화하는 사람들을 한두 해 겪어본 건 아니
다. 하지만 그들 또한 남 탓을 하기 전에 본인 평판 관리부터
챙겨야 하지 않을까 하는 생각이 든다.

　문성후의《부를 부르는 평판》에서 저자가 개발한 피스타
치오 personality, issue, stakeholder, communication, hypertext, Implementation, optimi-
zation 평판 프로세스를 따져보면, 어떤 인격을 가지고 있는지
스스로 돌아보고, 둘러싼 쟁점들이 무엇인지 살펴보며, 여러
이해관계자들에게 얼마나 매력적으로 보이는지를 파악하고
평판을 소통해야 하는데, 기업들에게는 온라인 소통 Hypertext,
평판이 어떻게 축적되어 왔는지가 특히 중요하단다. 이미지
나 광고로 평판을 다루는 것이 아니라 CSR 사회공헌 로 어떻게
실행했는지 확인하고, 평판 점검과 관리 실행을 최종적으로
최적화해야 한다. 이걸 사람에게 적용해도 같을 것이다.

　피스타치오(PISTACHIO)는 각 프로세스의 영어 단어 첫 글
자를 딴 것입니다. 우선 P는 인격(personality)입니다. 기업이
어떤 인격을 가지고 있는지 스스로 돌아보아야 합니다. I는

쟁점(issue)입니다. 기업을 둘러싼 쟁점들이 무엇인지 살펴보아야 합니다. 종종 기업들은 자사와 관련된 이슈조차 사전에 파악하지 못하는 경우가 많습니다. STA는 이해관계자(stakeholder)입니다. 기업에는 여러 이해관계자가 있습니다. 평판 관리는 결국 이해관계자들에게 기업이 얼마나 매력적으로 보이는가에 달려 있습니다. 그러니 이해관계자가 누구인지 알아야 합니다. C는 소통(communication)입니다. 기업은 평판을 소통해야 합니다. 어떻게 평판을 소통해왔는지 기업의 어떤 매력을 알려왔는지 점검해야 합니다. H는 온라인 소통(hypertext)입니다. 요즘 온라인상의 평판이 어떻게 축적되어왔는지 특히 중요합니다. I는 실행(Implementation)입니다. 기업이 단순히 이미지나 광고로 평판을 다루는 것이 아니라 CSR로 실천했는지 확인해야 합니다. O는 최적화(optimization)입니다. 평판 점검과 관리 실행을 늘 최종적으로 최적화해야 합니다.[57]

즉 이직이나 전보 등을 고려해 본인의 평판에 어떠한 노력을 했느냐가 관건이다. 다른 사람이 나와 일하고 싶어 하는지, 그 직장과 그 부서에 어떤 기여를 했으며, 그걸 어떻게

모니터링하고 관리해왔는지 봐야 한다. 6단계만 거치면 미국의 힐러리 클린턴까지도 연결될 수 있다는 그 유명한 케빈 베이컨의 6단계 법칙도 있지 않는가. 괴팍하고 동떨어진 사람이 되지 않기 위해서는 노력을 해야지 별 도리가 없다.

그런 시도가 구질하게 느껴진다면 산속에 들어가야 한다. 사람은 사회적 관계에서 벗어날 수 없으니 평판은 죽을 때까지 풀어야 하는 숙제여서 그 무게를 온몸으로 느끼고 있었다. 그때, 정여울의 《비로소 내 마음의 적정 온도를 찾다》에서 이 구절을 봤다.

'타인의 평판은 스스로 자신을 평가하는 것에 비하면 그저 나약한 폭군에 지나지 않는다. 사람의 운명을 결정하고 나아가 사람의 미래를 점치는 것은 스스로가 자기 자신을 어떻게 생각하는가 하는 것이다.' [58]

이 책은 정여울 작가가 1845년부터 2년 2개월 동안 미국 매사추세츠 주 호숫가에 통나무집을 짓고 자연 속에 파묻혀 살았던 헨리 데이비드 소로의 《월든》 호수에 직접 가본 뒤, 그의 족적을 따라 쓴 책이다. 아귀다툼 엉망진창 현실세계와 상당한 괴리가 느껴지지만, 그럼에도 불구하고 마음 한편이 놓이는 건 아마도 내가 나를 어떻게 생각하는지 이 책을 통해 내려놓고 보게 되었기 때문은 아닐까.

독서를 통해 중심을 잡아간다면 우리 귀에 들리는 평가가 잔인한 멜로디든, 달콤한 캔디든, 뭐든 상관없을 것이다.

탈진 끝에 깨달음

안톤 숄츠, 《한국인들의 이상한 행복》, 문학수첩
파커 J. 파머, 《삶이 내게 말을 걸어올 때》, 한문화

《한국인들의 이상한 행복》에서 푹 빠졌던, 평범하지만 실행하기 버거운 문구가 있었다.

"여행이든 인생이든 나를 풍요롭게 하는 것은 결국 얼마나 많은 것을 가지고 있느냐가 아니라 내가 가진 것을 얼마나 여유롭게 나눌 수 있느냐 하는 마음가짐이다."

저자는 미얀마 여행 중 갑작스러운 소나기를 만났는데,

우연히 길에서 마주친 노인이 '우리나라(미얀마) 좋아요?' 하
고 묻더란다. 좋다고 하니까 잘 익은 망고가 가득한 봉투를
건네주더란다. 저자가 생각했을 때 자신은 미얀마의 평범한
시민보다 상대적으로 가진 게 많은데 이런 걸 받아도 되는지
멈칫했다고 한다. 미얀마 노인은 내가 얼마나 많이 가졌느냐
가 아니라 얼마나 많이 나눌 수 있느냐, 그리고 자신과 주변
세상을 어떻게 느껴야 하는지를 손수 알려준다.

　예전 직장에서 퇴사한 지 일주일이 채 되지 않았다. 내가
가진 것들을 그동안 직장에서 얼마나 나눴으며 내 자신과 주
변 세상을 어떻게 느꼈는지 그동안의 내 노력과 피땀눈물이
었던 파일, 사진 등을 지우는 중이다. 지금의 그로기 상태에
대한 내 진단은 '나 아무렇지도 않고 씩씩해' 하고 자기 주문
을 걸어놨기에 현실을 외면한 채 내달리기만 하다가, 사실상
탈진이 되고 말았다. 파커 J. 파머의《삶이 내게 말을 걸어올
때》에 나온 탈진의 정의가 온몸에 와 닿는다. 내가 갖지 않은
것을 주려고 할 때 나오는 결과가 탈진이다.

　**나의 본성을 거스르는 것을 나타내는 하나의 징후는 소위
탈진이라는 상태이다. 대개는 너무 많은 것을 주려는 데서 나**

오는 결과라고 생각하지만, 내 경험상 탈진은 내가 갖지 않은 것을 주려고 할 때 나오는 결과이다. 탈진은 분명 공허함이지만 내가 가진 것을 주는데서 나오는 결과가 아니다. 그것은 내가 주려고 해도 아무것도 없음이 드러나는 것일 뿐이다. [59]

번아웃도 마찬가지다. 너무 많은 것을 주려는 데서 나오는 결과라 생각하지만, 내가 줄 게 없는데 억지스러우니까 이런 증상이 나타난다. 그렇다면 나의 탈진은 다른 사람들의 요구와 요청을 돌보기 위해서보다는 나 자신을 내세우려는 필요에서 나온 부산물은 아닐까. 어찌 보면 나 말고 아무도 없다는 오만과 착각에서 나온 것일 수도 있겠다는 생각이 든다. 이런 사태를 막으려면 나의 '참자아'가 원하는 걸 알고 내 능력치를 잘 판단해야 한다.

회사생활 19년차, 내 경우 아무래도 일을 새롭게 배우는 시기는 한참 지난 지라 성공하고 난 후 성취감, 잦은 몰입과 막중한 책임으로 인해 탈탈 털리고 '번아웃'이 되었다. 또한 번아웃은 일을 많이 해서가 아니라 일만 해서 생기는 증상이다. 그래서 일이 아닌 다른 것에서 성장감을 느낄 필요가 있다. 내 경우 성취감도 성취감이지만, 성장감도 중요해 뒤늦게 사회복지 공부를 하게 되었다. 그런데 나보다 일찌감치 '외부으로부터 오는 성장'에 눈을 뜬 분들이 많았다. 사회복지 실습에서 만난 어느 분은 금융권에서 20년 넘게 근무하고 있는데, 퇴근 후 헐레벌떡 실습 시설로 온 그의 얼굴엔 피곤이 아닌 생기가 있었다. 이 분은 평생교육사 2급 과정, 청소년지도사 과정을 수료했다. 부지런도 하시지. 아이들과 함께 하는 게 좋고 그렇게 공부를 하다 보니 여기까지 오게 되었다는, 겸손까지 탑재되어 있었다.

사람의 본성을 거스르지 말고 그대로 존중하며 따를 일을 그동안 미련하고 지독하게도 많이 거슬렀던 것 같다. 나의 깜냥과 수준을 철저하게 외면한 채 '달려라 하니'를 따라 하다가 자빠진거다. 통렬한 반성의 의미에서 '모든 국민은 자기 수준에 맞는 정부를 가진다'는 알렉시스 드 토크빌의 말을 이렇게 바꿔보자. '모든 사람은 자기 본성에 맞는 스트레스를 가진다.'

그동안 괜찮은 척 하느라고 무지 애썼다. 다음 회사는 내 덩치보다 더 우람하고 씩씩한 분들이 많은, 일과 삶의 균형이 적정하게나마 지켜질 수 있는 곳으로 가자. 그리하여 내 '성장감'에도 지속적인 눈길을 주고 싶다. 플리즈!

나라도, 너라도

요아힘 바우어, 《공감하는 유전자》, 매일경제신문사

이본 쉬나드, 《파타고니아, 파도가 칠 때 서핑을》, 라이팅하우스

"나라도 사 입고 싶다."

세계적 아웃도어 브랜드 파타고니아 이본 쉬나드 회장이 지분 100퍼센트, 무려 4조 원 상당을 전부 기부한 뉴스를 보더니 친정엄마가 그 옷을 사 입고 싶다 하신다. 홍보인으로서, 호기심이 발동하여 검소한 그녀의 물욕에 불을 지핀 그 회사 웹사이트에 들어가 보았다. 다른 옷 브랜드들과 달리 산악인 에세이와 대한민국 강하천 심폐소생 프로젝트 푸른 심장 캠페인에 대한 자세한 설명, 관련 사진이 눈에 들어왔다.

'푸른 심장 캠페인'은 강의 흐름을 막는 인공 구조물 보철거 촉구를 위해 국내에서 단독적으로 전개하는 환경 운동으로, 덕분에 우리 집 근처 '보'도 철거되었다. 이런 걸 언제부터 기획했는지 궁금해 거슬러 올라가니, 2014년부터 미국의 댐 문제를 다룬 다큐멘터리 영화를 그동안 제작해왔더라. 각 나라의 자연환경에 맞게 고민한 여러 흔적들이 있었다.

"선한 일을 할 수 있는 기회와 능력이 있는데도 하지 않는다면, 악한 것에 다름없다." 사실 파타고니아 정도의 편익을 주는 아웃도어 브랜드들은 셀 수 없이 많다. 결국 가장 성공한 브랜드나 개인은 기능적인 요구를 넘어 '선'이란 인간의 본질적 요구에 다가설 줄 알아야 한다. 그렇게 되면 소비자 입장에선 고가임에도 불구하고 기꺼이 지갑을 여는 대담함과 용기를 갖게 된다.

디자인이나 형태는 제대로 갖춘 본질과 그 본질에 담은 의미까지 변화시킬 수 없다. 아무리 예쁜 포장을 하고 덧붙이고 변화되었다 하더라도 코어는 남는다. 사람도 마찬가지이다. 좋은 브랜드와 사람은 고객과 친구를 만들고 탁월한 브랜드와 훌륭한 리더는 팬이나 추종자들을 이끈다. 그렇다면 이런 효과를 특정 오너나 개인이 가진 본연의 특성에만 기댈 것인가 하는 질문이 남는다.

　요아힘 바우어의 《공감하는 유전자》에선 각인된 유전자, 즉 특정한 성질을 가진 고정된 유전자가 아니라 삶에 대한 특별한 마음 자세가 건강과 두뇌에 영향을 미친다는 새로운 이야기가 있다. 그 예로 성공을 위해 달린 삶을 뒤로 하고 은퇴한 50세 이상의 사람들에게 아이들의 멘토 역할을 하라는 미션을 줬더니 그들과의 교류로 인해 변한 멘토들의 모습이 주목할 만하다.

　다른 사람에게 무언가 선한 일을 하라고 구체적으로 요청받은 집단의 경우 (잠재적으로 해로운) '위험 유전자 클럽'의 활동 패턴이 현저히 줄어드는 것으로 나타났다. 나머지 세 집단은 여기에 해당하지 않았다. 정리하자면, 다른 사람에게 선한 일을 행하는 인류 고유의 인간성은 우리 몸을 만성 염증으로부터 보호해주는 유전자 패턴을 활성화시키며 건강을 유지하도록 돕는다. [60]

　결국 인간성과 공감이라는 자원은 누구에게나 선천적으로 있는 것이고, 이를 어떻게 끌어올릴 것인가가 관건으로 남는다. 이를 통해 개인 건강뿐만 아니라 인류의 삶, 나아가 지구의 삶까지도 바꿀 수 있는 기회를 엿볼 수 있다. 파타고니아의 통 큰 기부도 여기에 해당되는 실행이다. 따라서 지금 우리에게 필요한 것은 내적 태도의 전환이다.

마태복음 25장 29절 "무릇 있는 자는 받아 풍족하게 되고 없는 자는 그 있는 것까지 빼앗기리라"를 살짝 바꿔보면 무릇 있는 자는 받아 스스로 풍족하게 되고 남의 것을 빼앗지 않고 오히려 남에게 준다. '좋은 삶은 목적과 의미가 있는 삶'이라는 건 이제 내 문제다. 나는 어떻게 기억되고 싶은가. 어떤 삶을 살고 싶은가. 무엇을 읽고 싶은가. 이번 주말은 이본 쉬나드의 60년 경영 철학이 담긴 《파타고니아, 파도가 칠 때는 서핑을》 꼭 읽어봐야겠다.

등불, 출가, 큰 그릇

법정, 《스스로 행복하라》, 샘터사
필립 로스, 《울분》, 문학동네

시어머님께서 코로나19 후유증으로 갑자기 돌아가셨다. 얼굴 고우시고 공부도 잘하셨던 원조 엄친딸 워킹맘 김 약사님. 나는 그 발끝도 쫓아가지 못했다. 열심히 일만 하시다 이 좋은 세상 다 누리지 못하고 가셨기에 안타까움이 컸다. 어머님과 주고받은 메시지를 꼼꼼히 살펴보던 중 내 첫 책을 보고 보내신 내용이 가슴에 박혔다. "나의 경험상 인생은 다 그래. 다들 나름 긴 세대라 생각한단다. 너희들도 불혹의 나이가 되니 불법으로 회귀하는 것 같네. 인간은 자기 자신과 진리를 등불로 삼고 살아야 한다."

"내 자신과 진리를 등불삼아 후회 없이 원하는 삶 야무지게 살아가라"는 어머님 말씀이 법정스님의 《스스로 행복하라》의 '출가'와 오버랩된다. 출가란 모든 집착과 얽힘에서 벗어나는 일이다. 법정스님은 비단 수행자에게만 해당되는 일이 아니라 진정한 삶을 살아가려는 사람 누구에게나 이 정신이 필요하다고 했다. 지금까지 살아오면서 '이게 아닌데' 하는 생각이 든 적이 있다면 삶을 변화시켜야 하고, 낡은 타성에서 벗어나야 한다고 했다. 즉 새로운 '업'을 짓는 것이다.

독실한 불자이신 어머님께서 불교의 경전을 외우며 매 순간 스스로 다음 생의 자신을 차분히 만들어가셨듯이 주어진 생의 하루하루를 과연 어떤 마음으로, 어떤 말과 행위를 하며 사는가가 다음의 우리를 만들 것이다. 그 과정에서 무엇보다 내적 마음 챙김 즉 평온은 정말 중요하다. 필립 로스의 《울분》에서 큰 사람이라는 건, 변화무쌍한 감정을 다 담아낼 수 있는 큰 그릇의 사람, 그가 진정한 성인이라고 한다.

'너한테 이런 요구를 하는 건 내가 아니야. 인생이 요구하는 거야. 그래서 어른이란 역겨워서 구역질이 나더라도 '할 일은 해야 한다는 것을' '기쁜 마음으로' 받아들일 줄 아는 사

람, 너는 네 감정보다 큰 사람이 되어야 해.'

감정과잉으로 주체할 수 없는 감정들이 흘러넘친다면 남에게까지 불필요한 영향을 미칠 수밖에 없다. 그로 인해 불편한 감정이 생기고, 즐겁고 유쾌한 마음이 사라지면서 길고 깊은 한숨으로 옆을 뿌옇게 전염시키는 역효과를 본의 아니게 일으키기도 한다. 어떻게 보면 사는 것은 무언가를 쌓기 위해 시간을 견디는 과정이다. 물론 축적된 것을 두고 과감히 떠나는, 예고하지 않은 헤어짐을 맞게 될 수도 있다. 어머님과의 갑작스러운 이별처럼. 그럴 때마다 솟구치는 감정을 달래가며 이겨내야지 별 수 있을까.

어제 기차 차창에 걸쳐 있는 노을의 끝자락이 문득 떠올랐다. 저물어가는 해처럼 내 감정의 저점 그 끝은 분명 있을 테니 묵묵히 기다려보자. 다정하게, 조용하게, 침착하게 다시 책으로 깊숙하게, 어머니가 그렇게도 좋아하셨던 나의 글쓰기로…. 궁극적인 목표에서 눈을 떼지 않고 필요하다면, 경로를 조정할 준비가 되어 있다면, 무슨 일이 일어나든 감당하면서 끝내 내 업을 짓고, 내 자신과 진리를 등불로 삼아 진정한 출가를 할 수 있을 것이다. 그 과정에서 깨지고 멍들 수도 아플 수도 있겠지만, 늘 가고 싶었던 그 목적지에 도달

하도록 전력을 다해 진심으로 후회 없도록 읽고 또 읽으며 살아야겠다.

진정 그럴 터이니 어머님, 부디 극락에서 자비와 지혜로 충만한 복된 삶을 사세요.

나부터 심심한 사과

홍세화,《미안함에 대하여》, 한겨레출판

어느 당은 장외 투쟁에 나서고, 어느 당은 대통령의 마음을 찾아 헤매며 자기들끼리 치고 받고 싸우는 뉴스를 접했다. 뽑아줬더니 민생은 들여다보지 않고, 자기 안위를 위해 권력 놀음이나 하는 모습에 혀 끌끌 차는 소리가 여기저기 들린다. 이 꼴 저 꼴 보고 싶지 않다며, 인디언 사회는 왕이나 국가가 없고 작은 부족사회를 유지했다고 하니, 국회의원을 지도자 추장처럼 명예제로 하자는 이야기도 있다. 그래, 인디언 추장은 여느 조직의 리더라기보단 여느 가정의 어머니

와 같은 포근한 존재였다. 수천만 명의 인디언들이 큰 국가로 향하지 않고, 오밀조밀 공동체 사회를 꾸리며 살아갔기에 그들은 잡음 없이 착하게 지낼 수 있었다. 그러나 결국 망하지 않았던가.

유럽인들이 가져온 균 때문에 가축을 통한 전염병이 돌았고 이로 인해 면역력이 없고 균에 대한 이해가 전혀 없었던 한 인디언 족의 경우 99퍼센트가 몰살됐다. 아마존 열대우림의 유명한 원주민 추장 중 한 분은 전통 치유 방식에만 의존하다가 2년 전 코로나19에 걸려 사망하기도 했다. 이는 변화에 대한 안이함과 무지 때문이다. 사람이 두 명 이상 모이게 되면 평등할 수 없는, 힘의 불균형이 생길 수밖에 없는 '조직'이 탄생한다. 국회의원은 '권력의 망' 안으로 발을 내딛는 순간부터 권력을 쟁취하려는 투사로 변모해 본인의 주어진 역할에 충실하지만, 인디언은 권력의 생리를 잘 알지 못하고 선함으로 일관해 끝내 멸망했다. 아마존 추장은 현대의학을 신뢰하지 않아 죽었다. 그래서 우리는 지식을 쌓고 지혜를 갖고 이해를 구하는 타협점을 찾아갈 수밖에 없다. 독서를 하는 것도, 강의를 듣고 남의 말을 경청하는 것도 다 같은 원리다.

우리가 눈을 크게 뜨고 보는 세상과 눈을 살짝 감고 보는 세상은 다르나, 실눈을 뜨고 보나 눈을 감으나 닥친 현실은 바뀌지 않는다. 받아들이는 우리의 감정은 의지와 노력에 의해 얼마든지 바꿀 수 있지만, 그 자체는 변할 수 없다. 맞서든가, 받아들이든가. 잠시 물러나던가, 뒤돌아 도망가던가. 딱 그 차이다. 문득 내 머릿속에 떠오른 한 사람이 있다. 지난여름 사회복지 실습에서 만난 헤어디자이너인 그녀는 발달장애를 가진 아이를 키우면서 미용 봉사 등을 하며, 본인의 경력을 쌓고 있었다. 본인의 아이들을 키우면서 훈육하기에 앞서 이들부터 알아야겠다는 생각에 고민했고, 그 끝에 찾은 많은 공부들을 생업과 병행해 차분히 해내고 있었다. 노력을 하니 조금씩 알아가는 것 같다는 엷은 미소에 실습이 힘들다고 툴툴거렸던 내 모습을 반성했다.

주위를 둘러봐도 그렇다. 부끄럽지 않은 학벌에 어디 내놔도 꿀리지 않은, 어디 기업 출신에 어쩌고 저쩌고⋯ 자기계발과 발전은 뒷전이고 퇴보를 교묘히 숨기며 운 좋게 근근이 목숨을 연명하진 않았는지.《미안함에 대하여》의 저자 홍세화는 모자르지만 배우지 않고, 지적 우월감과 윤리적 우월감으로 무장한 민주 건달이 되지 않을 것을 자경문의 하나로 삼고 있다.

그뿐만 아니라 이들 대부분은 선배의 권유로 몇 권의 이념 서적을 읽은 것을 근거로 지적 우월감을 갖기도 한다. 그리고 그들은 민족주의자들이다. 지적 우월감과 윤리적 우월감으로 무장한 민족주의자에게 자기 성찰이나 '회의하는 자아'를 기대하는 것은 연목구어와 같다.[61]

고 노무현 대통령이 생각난다. '사람이 되어야 한다. 따뜻한 사람, 나하고 가까운 우리에게만 따뜻한 사람이 아닌 넓은 우리에게 따뜻한 사람'이 되라는 그 말씀. 우리에게는 따뜻한 시선, 그렇지만 자기 자신에게는 피도 눈물도 없는 냉철한 시각을… 누군가의 말처럼 인간이 열망해야 할 유일한 권력은 스스로에게 행사하는 힘이라고 했다. 그로 인해 자기 자신부터 객관적으로 되돌아보고 나의 무지와 몰이해에 심심한 사과를 하며, 다시 책으로….

별 생각 없이 본 별별 생각

기야마 히로쓰구,《제대로 생각하는 기술》, 교보문고

채사장,《우리는 언젠가 만난다》, 웨일북

《제대로 생각하는 기술》의 저자 기야마 히로쓰구 변호사의 모토는 다음과 같다. 어려운 걸 쉽게 하자. 그러려면 생각이란 걸 하고 본인의 것으로 소화하고 재해석하는 과정이 필요하다. 그는 인간을 세 가지로 분류했다. 첫째 생각하지 않고 말하는 사람, 둘째 말하면서 생각하는 사람, 마지막으로 생각하고 말하는 사람. 저자는 생각하고 말하고 적는 사람이고 싶었던 것 같다.

오랜 시간 노력해 마침내 변호사라는 성과를 거둔 나는 '자기 의견이 없다'라는 고민에 빠져 있었다. 대학 시절부터 바로 결단하지 못하고 의견을 능숙하게 전달하지 못해 커뮤니케이션 능력이 떨어졌던 탓에 초보 변호사로서 애를 먹곤 했던 것이다. 신중한 성격으로 무엇이든 곰곰이 따져보고 모든 내용이 정리된 다음에야 이야기를 꺼냈는데 의뢰인의 입장에서는 금세 피드백을 주지 않은 내가 답답했던 모양이었다. 그렇다고 해서 제대로 생각하지도 않고 사건을 처리할 수는 없었다. 나는 제대로 생각하되 상대에게 신뢰를 줄 수 있도록 생각을 정리하는 나름의 기술을 만들기 시작했다.[62]

1995년 3월, 13명의 사망자와 6천여 명의 부상자를 낸 옴진리교 독가스 테러 사건의 범인 중 한 명은 심장외과 의사였다. 저자는 옴진리교에 빠진 이 수재에게서 한 가지 특징을 발견했다고 했다. 바로 주어진 정보나 지식을 그대로 받아들이고 생각하는 것이란다. 즉 스스로 해석하고 재창조하는 과정이 빠져 있다는 것. 앞서 저자가 말한 사람의 세 분류 중 생각하지 않고, 믿고 말하고 실행에 옮기는 사람인 거다.

생각을 의미하는 한자 '思'의 아래쪽 한자 '心'은 마음이다. 밭을 뜻하는 한자 '田'은 '口'에 '十'으로, 마음속으로 열 번 생각하고 나서 입으로 내뱉으라는 뜻이다. 생각 없이 말하거나 즉흥적으로 생각하면서 말할 것이 아니라 깊이 생각하고 난 뒤 말을 해야 한다는 거다. 성질이 급해 말보다 행동이 앞서 아둔하게도 내 발등을 내가 찍기도 하는 나로서는 새겨들을 대목이다.

그러고 보니 채사장의 《우리는 언젠가 만난다》에서 진리의 반대말은 거짓이 아니고 복잡성이라 했다. 늘 의심하고 생각해야 한다고 한다. 오랜 역사와 전통을 갖고 있다 하더라도, 그것의 크기나 부피가 압도적이라 감당불가라고 하더라도, 단순한 심리적 위안보다 진실의 이면을 보고 싶다면 진짜 생각이란 걸 해야 한다.

진리의 반대말은 거짓이 아니다. 진리의 반대말은 복잡성이다.[63]

나는 하나의 확고한 진리관을 가진 이들이 내뱉는 말들, 그 세계 밖의 것에 대해 말할 때 틀렸다고 하지, 다르다고 하지 않는다. 그것에 나는 주의한다. 그들은 모르고 싶고 알고 싶지 않아 한다. 종편 채널의 뉴스쇼처럼 패널이 양 갈래로 나뉘는 것처럼 옳고 그름이 선명하다면 세상은 요지경이란 말은 존재하지 않을 것이다.

곧 사십 대가 된다며 조언을 구하는 후배들에게 늘 하는 말이 있다. "용납할 수 없어, 납득이 안 돼, 이해할 수 없어." 이 세 마디가 나이가 들수록 하지 말아야 하는 말이라고. 우리의 용납과 납득과 이해를 일일이 구할 만큼 세상은 그리 녹록하지 않으니까 말이다.

겸허하게 배우는 자세로 하루하루 살아야겠다는 생각뿐이다. 별 생각 없이 봤던 책에서 별별 생각이 드는 하루를 또 이렇게 보낸다.

읽는 자로서 소명 다하기

윤성근, 《작은 책방 꾸리는 법》, 유유

이지민, 《브루클린 책방은 커피를 팔지 않는다》, 정은문고

피터 드러커, 《프로페셔널의 조건》, 청림출판

사무실에서 책에 파묻혀 있는 내게, 사람들이 묻는 말들
이 있다,

문: 전시용이에요?

답: 읽어요. 저자의 생각을 경험하는 거죠.

궁금한 게 늘 많은 내게 가성비, 가심비 대비 이만한 간접
경험이 없다고 자부한 지 자그마치 10년이다. 덜컹거리는 버
스 안에서 지루함과 싸워야 했던 내게 책은 각별한 우정을

나눈 친구였고 멘토였다.

앞서 말했듯 성질 급한 내겐 '경험'이라는 녀석이 중요하다. 시간과 에너지보다 의욕이 과다해서 다 찔러볼 수는 없지만 몇 개라도 건드려 본다. 책방 경영에 관심이 있어, 동네 작은 서점들을 실제로 둘러보며, 현장조사 같은 것도 했었다. 얼마나 팔아야 하는지 굿즈 판매도 필수인지 등, 동네책방 경영에 관련된 책들도 최근 쉽게 접할 수 있어 상당량을 섭렵했다. 문제는 그게 아니었다. 작은 책방을 결코 우습게 보지 말라는 엄포를 봤다. '이상한 나라의 헌책방' 대표 윤성근의 《작은 책방 꾸리는 법》을 읽어보고 결론을 내렸다. 나는 책방 운영을 경영의 관점에서 지극히 평범하게 봤다. 책방사장님들이 책을 통해 책임을 다하려고 하는 소명의식까진 갖고 있진 않았다. 나 같은 사람은 독자로서 책방을 열렬하게 사랑하면 되는 거였다.

작은 책방은, 아무리 작더라도 엄연한 사업이고 경제활동이기 때문에 냉정하게 접근해야 한다.

그게 참 어렵다. '외유내강'이라는 말이 있듯이 사람들에게 한없이 따뜻한 느낌을 전해주는 책방이 되어야 하지만 그

곳을 운영하려면 무엇보다 냉철한 현실 인식이 있어야 한다.

이룰 수 없는 꿈을 가진 사람이 한두 명일 때 그이는 바보 취급을 받을지도 모른다. 하지만 이런 사람이 많이 생겨나 다 함께 걸어가면 루쉰의 말대로 숲에 오솔길이 생긴다.

작은 책방은 그저 작은 가게 이상의 의미가 있다. 우리가 사는 공동체 구석구석에 스며들어 세상을 숨 쉬게 만드는 실핏줄이다. 지금보다 더 많은 사람들이 저마다 개성을 가지고 꽃을 피우듯 작은 책방을 만들면 메말라 버려진 모든 곳이 어느새 꽃밭으로 변할 거라는 걸 믿어 의심치 않는다. [64]

요즘 책방은 책 파는 것에서 그치지 않는다. 고객을 만나는 최전선에서, 공동체에서 문화를 만드는 창작자의 일원으로서, 때론 쫀쫀하고 때론 한없이 느슨한 연대까지 일당백 역할을 톡톡히 해내고 있다. 비단 우리나라에만 해당되는 게 아닌 모양이다. 이지민의 《브루클린 책방은 커피를 팔지 않는다》를 보면 뉴욕 브루클린 책방도 마찬가지 길을 걷고 있었다. 결국 책방 주인들은 고객의 눈높이에 맞춰 읽는, 그리고 문화를 이끄는 리더들이 아닐까. 이게 세계적인 트렌드가 아닌지 생각해 본다.

리더십에 관련된 뜨끈한 책들을 잡히는 대로 읽고 있다. 읽으며 생각하고 저자들의 생각에 내 생각을 보태니 독자 reader를 넘어 리더leader로서 관심이 생겼다. 갑자기 피터 드러커의 《프로페셔널의 조건》에서 본 내용이 스친다. 이 책의 1쇄가 2001년 1월에 나왔으니 20년도 전의 까마득한 이야기일 수도 있다. 그러나 저자는 미국의 지식근로자의 이동성까지 예견했으니 확실히 난 사람이다.

제5부 '자기 실현을 위한 도전' 말미, 어떤 사람으로 기억되길 바라는가에서 읽기를 멈췄던 게 기억이 났다. 이것은 리더십의 세 가지 조건으로 내세웠던 일, 책임, 신뢰와도 같았다. 일은 프로답게 실행, 모든 것에 책임을 지고, 마지막으로 믿음을 줄 수 있도록 스스로 거듭나는, 책방지기의 책임의식과 비교해도 부끄러움이 없을 정도로, 지난한 읽기의 시간들이 헛되지 않도록 그렇게 사십 대의 강을 건너가고 싶다.

첫째, 우리는 자신이 어떤 사람으로 기억되기를 바라는지에 대해 스스로 질문해야 한다. 둘째, 우리는 늙어가면서 그 대답을 바꾸어야만 한다. 그것은 차츰 성숙해 가면서 그리고 세상의 변화에 맞추어 바뀌어야만 한다. 마지막으로 꼭 기억

될 만한 가치가 있는 것 한 가지는, 사는 동안 다른 사람의 삶에 변화를 일으킬 수 있어야 한다는 것이다. [65]

인내로 읽어내려 가듯이

야마구치 슈, 《철학은 어떻게 삶의 무기가 되는가》, 다산초당

장옌, 《알리바바 마윈의 12가지 인생강의》, 매일경제신문사

"○○식당 가봤니? 분위기 괜찮더라. 음식도 입에서 녹더라."

승진 기사까지 크게 났다며, 호기롭게 한턱 쏜 지인 덕분에 배부른 옛 동료의 맨션에 "나 대신 맛있는 거 사주셔서 참 고맙다. 더 잘되셔서 승승장구하고 위상을 드높여줬음 좋겠다"라고 화답했다.

진심이었다. 언제부터인가 엄마 친구 딸, 아들을 포함해 아는 이들의 왕성하고 공사다망한 활약상을 들어도 한 귀로

듣고 한 귀로 흘리게 된다. 예전엔 나 같은 개성만점 캐릭터와 왜 비교하냐며 뽀로통해지고 자존심에 스크래치가 났지만 이젠 개의치 않는다. 나는 나니까, 갈 길이 다르니까.

야마구치 슈의 《철학은 어떻게 삶의 무기가 되는가》를 두 번 읽었는데, 르상티망에 대해 읽는 내내 아하! 했다. 르상티망이라는 건 약한 자가 강자에게 품는 질투, 열등감 등의 감정을 말한다. 예를 들어 뭔가를 경멸하는 것처럼 보이는 사람은 믿을 필요가 없다고 했다. 왜냐하면 그 뭔가를 얻거나 가질 가망이 전혀 없는 사람일 수 있기 때문이고 그런 자들이 뭔가를 얻게 되면 그들만큼 상대하기 어려운 사람들이 없다고 한다.

르상티망은 사회적으로 공유된 가치판단에 자신의 가치판단을 예속 또는 종속시킴으로써 이루어진다. 자신이 무언가를 원할 때, 그 욕구가 '진짜' 자신의 순수한 마음에서 비롯된 것인지 혹은 타인이 불러일으킨 르상티망에 의해 가동된 것인지를 판별해야 한다. 니체에 의하면 르상티망을 갖고 있는 사람은 대부분 용기와 행동으로 사태를 호전시키려 들지 않기 때문에 르상티망을 발생시키는 근원이 된 가치 기준을

뒤바꾸거나 정반대의 가치판단을 주장해서 르상티망을 해소
하려고 한다. [66]

　잘 들여다봐야 한다. 그 마음이 시기심에서 비롯된 건지
숭고한 문제의식에 뿌리를 둔 것인지. 사람은 모두 가면을 쓰
고 살아가니 말이다. 선천적으로 시기, 질투심이 없는 나는
타인의 것에 관심이 없다. 더불어 포기가 굉장히 빠르다. 고
로 비교의 지옥 구렁텅이 근처에 데려다놔도 알아서 추스르
고 잘 기어 나오는데 문제는 내 곁에 계신 분들이다. 그동안
독박육아로 무진장 고생하신 우리 엄마는 정말 괜찮을까.

　장옌의《알리바바 마윈의 12가지 인생강의》를 보면 책을
인생에 비유한다. 왜 책이냐면 대부분 책은 앞에만 조금 읽
어봐도 뒤의 내용까지 유추해 짐작이 가능한데 어떤 책들은
결말을 알 수 없다고 한다. 그런 의미에서 무릇 인생이란 끝
기로 읽어 내려가는 책이다. 한 사람의 인생을 두세 마디로
규정하고 단정 지을 수 없으니 말이다.

　인생은 인내로 읽는 책입니다. 회사의 2만4천 명의 임직
원은 곧 2만4천 권의 책이라고 생각합니다. 각양각색의 사

람들은 각자 인생의 역사를 가지고 있습니다. 사람마다 어떤 일이나 문제에 부딪혔을 때 어떻게 해결하느냐를 보면 모두 내 예상과 다릅니다. 젊은이들은 책을 읽는 것도 중요하지만 사람들과 친밀한 관계를 형성하는 것이 더 중요합니다.[67]

내가 무속인도 아니고, 그토록 맛난 음식이 내 지인의 입으로 들어가기 전까지 그가 흘린 피땀눈물, 그동안 뚫고 지나왔던 허리케인급 태풍들을 어이 알고 하찮은 비교나 단정 따위를 할 수 있겠나. 잘 모르면 재단하지 말고 조용히 있자. 우리의 비교 속에는 결과만 있지 그 과정은 없다. 눈에 투명하게 보이는 결과만, 열매만 따먹고 싶고, 논하고 싶은 마음인 것이다.

나이가 들면 들수록 보이는 게 다가 아니라는 쪽에 한 표를 던지고 싶다. 그래서 쉽게 말하고 싶지 않다. 우리네 삶은 알알이 다 보여지는 게 아니기에 그래서 적어도 비교보다 존중을, 르상티망보단 그동안 들어갔던 엄청난 노력과 투쟁, 혁혁한 과정을 묵묵히 응원하고 싶다.

산만한 대로 단호한 대로

반건호, 《나는 왜 집중하지 못하는가》, 라이프앤페이지
이동진, 《닥치는 대로 끌리는 대로 오직 재미있게 이동진 독서법》, 위즈덤하우스
칩 히스 · 딘 히스, 《후회 없음》, 부키

매월 마지막 주 수요일엔 우리 동네 도서관에서 책을 여섯 권이나 더 대여할 수 있어서 한아름 싸가지고 왔다. 오픈런에서 품절 직전 상품을 득템한 사람처럼 싱글벙글, 헌데 '이걸 다 읽는 거야?' 소파 앞 탁자에 너저분하게 놓여 있는 책들을 보자 엄마가 고개를 갸우뚱하셨다. 책들을 성처럼 쌓아놓고 대여섯 권을 펼쳐 앞에서 뒤로, 뒤에서 앞으로 뒤적뒤적 읽기를 좋아하는 나는 약간 산만한 걸까.

ADHD 관련 37년 임상경험이 녹아 있는 반건호의 《나는

왜 집중하지 못하는가》에서 저자는 주의력 결핍은 주의산만과 특정 주제에 대한 과도한 몰입, 과도한 호기심 등과 유사한 개념이라고 했다. 주의산만은 다양한 연상과 백일몽, 다중과제 등과도 연관되어 있으며, 이로 인해 사고의 틀과 범위가 넓어질 수 있다고 한다. 어떻게 보면 일종의 창의력을 키우는 것이라고도 한다.

레오나르도 다빈치도, 체게바라도, 디즈니나 이케아 창업자도, 버진그룹의 리처드 브랜슨도 주의력 결핍이었을지도 모른다고 저자는 판단한다. 그러나 그들의 산만함이 오히려 특정한 부분에 집중하고 개발을 도모할 수 있는 힘이나 상상력의 원천이 될 수 있었다는 이야기로 귀결된다. 세상 모든 일에는 양면이 있고 꼭 좋은 것도 꼭 나쁜 것도 없는 것이다. 결국 강점은 강하게, 약점은 약하게 키우면 되는 거 아닌가란 생각으로 포개진다.

사람 안에 깃든 여러 가지 면들이 장점이 될 수도 있고, 단점이 될 수도 있다. 인생궤적 연구는 좀 더 객관적으로 자신을 바라보고 장점은 부각시키고 단점은 상쇄시킬 수 있는 시선을 갖게 해준다. 이 과정을 통해 진정한 나를 이해함으로

써 남은 삶을 좀 더 의미 있고 소중하게 여길 수 있는 힘을 키우기를 바란다. 그 힘은 곧 자신 안의 가치를 깨닫게 할 것이라 믿는다.[68]

여러 책을 한꺼번에 보면서 결이 맞지 않은 구석을 발견했거나 지루함이 밀려와 덮을까 말까 살짝 고민할 때《닥치는 대로 끌리는 대로 오직 재미있게 이동진 독서법》을 생각한다. 저자는 한 책을 끝까지 책임지려 하지 않아도 된다 했다. 빌려놓고 읽히지 않는다면 읽기를 과감하게 포기할 수 있는 거고, 꼭 완독할 이유는 없다고 한다.

고백 하나 하자면, 저자가 굳이 이야기하지 않아도 어떤 책은 완독은커녕 표지와 목차만 보고도 포기하기도 한다. 마음 한편에는 저자가 얼마나 고심하고 또 고심해서 한 자 한 자 꾹꾹 눌러 쓴 책인데, 내가 그 노고와 정성에 일말의 머뭇거림 없이 단호함을 드러내도 되는가 싶다. 그러다가도 읽는 건 결국 나인데 내 판단과 선택이 뭐 어떠랴 싶다. 책을 진정 사랑하는 큐레이터라면 다른 이들의 취향 또한 존중해줄 거라는 옅은 기대도 든다.

근데 주의가 산만한 것은 틀림없다.

다시 소파 앞 탁자를 물끄러미 바라본다. 당장 읽으라는 것인지, 어서 치우라는 것인지 도무지 알 수 없게 널브러져 있는 많은 책들 중 무얼 먼저 읽을까. 아차차, 예약이 걸려 있는 칩 히스, 딘 히스의《후회 없음》. 표지의 초록빛 강렬함에 이끌려 어느새 손이 가 있다.

선서! 독서의 계절, 가을의 달이 무겁게 차오르는 오늘 밤, '인생 선택'을 만드는 네 가지 기술을 담은 이 책을 야무지게 완독하리라. 미처 다 읽지 못해 반납유예 선언으로 민폐를 끼치면 안 된다. 아무렴, 책을 좋아하는 우리들은 그럼 안 된다.

'그냥'은 없는 독서

송수진, 《을의 철학》, 한빛비즈
마르크스, 《자본론》, 비봉출판사
수달, 《아직 슬퍼하긴 일러요》, 느린서재

요즘 SNS를 보면 책을 읽지만 말고 뭐 좀 해보라고 권유하는 내용들이 많다. PDF로 만들어 요약을 해 강의로 팔아보라는 조언, SNS에 정리한 걸 책으로 묶어서 펀딩해보라는 조언. 그래, 다 좋다. 뭐든. 책에 '그냥'은 없다. 책을 집어 드는 순간부터 생기는 온전한 힘을 나는 믿는다. 송수진의 《을의 철학》에서 저자는 뭔가를 안다는 것보다 존재의 기쁨을 느끼게 하는 건 없다고, 도서관에서 만난 철학자들이 우리에게 알려준다고 했다. 몰랐던 걸 알았을 때 '세로토닌'이 나오고, 자신의 깊은 내면을 알았을 때 행복해지는 것처럼. 그렇게 책의 힘이 있다고 했다.

책의 힘이 바로 여기에 있다. 나는 책의 힘을 믿는다. 책은 타자가 썼지만 내 앞에 실존하는 건 텍스트다. 더 정확히는 그 텍스트가 주는 메시지다. 그러니까 나를 변화시키는 실체는 타자가 쓴 책을 읽고 있는 나다. 즉, 타자가 아니다. 책을 쓴 타자는 나를 모른다. [69]

변화되더라. 유통, 사회복지 등 여러 경험 속에서 생긴 다양한 감정들에 대해 니체나 칸트, 스피노자, 장자 등 다양한 철학자들의 이야기를 테트리스처럼 딱딱 껴 맞추는 저자의 필력과 관조력에 감탄했다. 웬만한 것에 감흥을 느끼지 않는 건조기 드라이 시트 같은 나도 변하더라. 책은 산전수전 공중전 다 겪은 저자가 썼지만, 이 내용을 느끼고 소화하는 건 나니까 말이다. 마르크스의 《자본론》을 읽다가 덮었던 내가 저자 덕분에 용기를 내 조금이라도 변화하는 건 결국 나 자신이니까. 독서의 힘이 바로 여기 있다.

상기되더라. 지난 주말 울다 웃었다 한 수달의 《아직 슬퍼하긴 일러요》. 10년 전에 유방암 판정을 받고 지금은 암을 이겨낸 저자의 그간 이야기를 담았다. 책의 마지막 장을 덮고 나서 한동안 품에 안고 있었다. 나의 감동의 온기가, 그리고 이 책을 만났다는 행운에 대한 고마움이, 투병생활로 다사다난했던 저자에게 일말의 작은 희망이 전해지길 바라며. 우리가 당연하게 살고 있는 이 무사한 일상들이 얼마나 소중하고 값진 건지. 그리고 모든 일에는 나쁜 것도 좋은 것도 없다는 것을 또 한 번 배우고 느꼈다.

정돈되더라. 저자가 병에 걸린 뒤 친구 리스트가 정리되었다고 말하는 것처럼 나 역시 첫 책 출간 후 사람들이 갈라졌다. 책을 사보고 동료들에게 권해주면서 다음 책엔 이런저런 주제를 담았음 한다며 조곤조곤 이야기해주는 사람부터, 평소 책을 좋아한다기에 선물했더니 보지 않았는지 1년이 지나도 한마디도 없는 사람까지. 저자가 병을 완치한 뒤 기쁜 마음으로 친구를 만났는데 친구는 "너무 들뜨지 마, 젊은 사람들 암은 모르는 거야"라며 뒤통수를 친다. 이 가시 같은 말이 내 인간관계 정리정돈과 궤를 같이 한다고 하면 다소 무리한 이야기일까.

독서의 쓸모를 유예하는 이 말만큼은 금지다. '언젠가는'.

꼭 들어맞는 상황이 우리에게 꼭 오리라는 그 절체절명의 절대와 절명은 영원히 없다. 지금은 바쁘니 시간이 나면 언젠가, 당장은 필요 없으니 여유가 생기면 언젠가, 이 언젠가는 우리 생에서 끝내 오질 않을 순간이다. 만약 독서의 쓸모가 궁금하다면, 독서를 원하는 것 같은 느낌적인 느낌을 받는다면 지금 바로 시작하라. 가까운 도서관이든, 서점이든, 클릭 한 번에 새로운 세상이 열리는 전자도서관이든 둘러보는 것부터 하라. 더 이상의 '언젠가'란 핑계는 쓰레기통에 버리고, 저스트 두 잇, 저스트 리드 잇. 아직 '언젠가'의 위력에 쉽사리 단념하긴 이르니.

각자도생이든 구명도생이든
다 괜찮아, 살아 있으면

최예신, 《방석 위의 열흘》, 마인드빌딩

"그래서 끝이 뭔가요?"

어느 회사의 임원이 나의 첫 책 《긴 세대 생존법》의 결론을 물었다. 나는 이렇게 대답했다.

"각자도생이죠. 본인의 나이에 맞게 마음을 덜어내면서 각자 살길을 스스로 찾는 거죠."

'각자도생'은 1998년 외환위기, 2014년 세월호 참사 때 가장 많이 쓰인 용어였다. 2021년 출간한 내 책에서도, 2022년 10.29 참사를 겪은 이 어지러운 한국 사회에서도 여전히 각자도생은 생존에 있어 필수불가결의 단어이다.

　무릇 살아 있는 상태로 현존하는 것, 그 자체만으로도 산을 올라가는 것과 같다. 우리가 매순간 위험해지려고, 스릴을 맛보려고, 고통을 느끼려고 인생이란 산을 올라가는 건 아닐 것이다. 그냥 천천히 자연을 음미하며 뚜벅뚜벅 오르기도 하고, 정점을 찍고 홀가분한 마음에 내려가기도 하고. 그 속에서 싫든 좋든 살아내자면 누군가에게 의존하기보다는 스스로 길을 찾아낼 수밖에 없는 시대 변화를 뒷받침하는 게 서글프고 외롭기도 하다. 하지만 일단 살아야지, 홀로 서봐야지, 그래야 옆을 돌아보고 도움을 요청하거나 손을 내밀 수 있는 거다.

　근래 본 책 중 최고인 최예신의 《방석 위의 열흘》, 번뇌가 끊이지 않을 때마다 이 책을 붙들겠다고 약속했다. 저자는 대기업 임원 자리에서 일 년도 되지 않아 잘린 후 열흘 동안 전라도의 어느 명상센터에서 수행한 걸 글로 풀었다. 감정이 입이 되어 순식간에 읽어버렸다. 내가 어디에 쓰이는 사람인가. 나의 혼란은 어디에서 오는 것인가. 이 번뇌를 어떻게 소화해 흘려보내야 하나. 저자는 그 답을 '명상'에서 찾았다.

삶의 풍파가 아무리 거세더라도 행복하게 사는 사람이 있는 것과 반대로 아무리 많은 돈과 권력을 가지더라도 행복하지 않은 사람이 있을 수 있다는 것을, 균형 잡힌 시각과 평안한 마음이 행복에 우선한다는 것을 이해할 수 있었다. 명상을 하지 않았다면 가능했을까? 열흘간의 명상 덕분이었다. [70]

한순간에 직장에서 직을 잃고, 사랑하는 사람을 잃고, 별안간 믿었던 사람에게 배신을 당하고…. 물론 고통의 총량을 일렬로 세우고 무게를 재고 비교할 바는 아니겠지만, 분명한 건 각자가 살면서 느끼는 이러한 강렬한 통증들은 일상의 평범한 감정들을 와르르 무너뜨린다. 가장 무서운 건 아무것도 하고 싶지 않은 허무함을 맞닥뜨린 순간인 거 같다.

그럼에도 불구하고 구명도생이라도 해야 한다. 구명도생, 구차스럽게 겨우 목숨만 보전하며 부질없이 살아감을 이르는 말이다. 그러나 살아가는데 구차하고 말고가 어디 있겠는가. 이 역시 생존 방법 중 하나인 것을. 일단 이 글을 쓰는 나는, 이 책을 읽는 그대는, 뭐라도 하는 우리는, 그래도 살아 있지 않은가. 그걸로 됐다. 막을 수 있었던 혼돈 속에서 안타깝게 운명을 달리한 분들을 생각해서라도 각자도생이든 구명도생이든 괜찮다. 다 괜찮아, 도생은, 살아 있기만 하면.

우리가 겪고 있는 이 커다란 고통을 마주하면서, 묵묵하게 담당하고, 차분하게 우리의 자리를 지키며 갈등과 혼란으로 자기 자신을 갉아먹거나 남을 미워하지 말자. 자기 상황을 탓하지도 말고 명상이든 뭐든 스스로 단련하고 승화하는 기회를 찾아보는 것도 결국 우리가 살아 있다는 흔적이고 증거가 아니겠는가. 그래서 다시 책으로 돌아가야겠다. 흔들리는 나를 다독이며, 붙잡으며 읽고 또 읽어야겠다.

에필로그

이 책을 읽는 오늘,
당신은 어떤 그릇으로 일상을 품었나요?

책읽기는 일상의 다채로운 감정들을 오밀조밀하게 글로 빚어내는 도자기 작업과 같습니다. 우울의 끝장인 어떤 날엔 각지고 베일 듯 날이 서 있는 내 마음과 같이 반듯한 작은 네모를 품은 간장종지, 감당할 수 없을 정도로 감정이 휘몰아치는 날엔 그걸 다 담아낼 수 있는 빗살무늬의 냉면사발로. 작가가 그려낸 마음의 형태대로, 크기대로 그렇게 읽으며, 읽는 저를 살펴봅니다.

현재 곤경에 처해 있는, 수년간 가까이서 모셨던 보스에게 오래간만에 조심스럽게 안부를 묻고 제 상황을 알리는 편지를 썼습니다. 그동안 많이 걱정했다고, 쉽지 않겠지만 과거를 곱씹기보단, 현재의 마음을 챙기며 편히 계셨음 좋겠다고. 여러 복잡한 감정들이 소용돌이치듯 밀려왔습니다.

'거 봐. 네가 갑자기 거기 간다 했을 때부터 그 집구석 그럴 줄 알았어, 그냥 싹 잊어버려.'

그동안 나를 생각한답시고 하는 말들에 상처받아 서운하고 속상하기도 했습니다. 그런 날 스스로 알아차릴 때마다 너저분한 마음들을 거두고 책을 보면서 다른 이들은 이 비슷한 상황을 어떻게 이겨내고 있는지 찬찬히 들여다보게 되었습니다.

그런 시간을 통해 거울 속에 비친 저와 직면하는 기회로 삼곤 했습니다. 또한 나에 대해, 혹은 남에 대해 의심의 눈초리로, 백안시로 흘겨보고 있는 건 아닌지 말이죠. 롭 무어의 《레버리지》에선 우리가 세상을 바꿀 수 없다고 말하는 사람은 두 종류라고 했습니다. 하나는 시도하기를 두려워하는 사람과 또 하나는 당신이 성공할까 봐 두려운 사람입니다.

'선택과 집중, 할 수 있는 것과 할 수 없는 것을 가르고 그걸 지렛대 삼아 점프하라.' 나도 내가 어쩔 수 없는 상황들이 있는데, 타인은 진짜 어쩌지 못하는 거 아닌가. 그러기에 소모적인 것은 귓등으로 가볍게 흘려버리고 마음을 비웁니다. 조금만 어긋나도 '그럴 줄 알았다'고 점쟁이 마냥 꼿꼿하게 자세를 취한다면, 결국 내가 당면한 작은 세상 하나도 바꾸지 못하겠는가 하는 뚝심 하나로 말입니다.

묵묵히 내 감정을 책임지고 나아갈 때 옳다고, 차라리 무관심이 나은 불편한 시선들 앞에서… 그럼에도 불구하고 한 발을 더 디뎌야 한다면 단단히 우리를 붙들어줄 버팀목, 바로 책이 있습니다. 계절에 맞춰 생활의 발견을 차곡차곡 담아낸 김의경의《생활이라는 계절》을 보면, 저자는 콜센터에서 일하던 중 신춘문예 당선 통보를 알리는 전화를 받았다고 합니다.

이보다 더 드라마틱한 일이 있을까요? 크게 기대할 것도 기댈 곳도 없는 그럭 저럭의 삶에서도 행복한 장면은 누구에게나 이김없이 등장하니, 우리 잘 다독여가며 일상이라는 그릇에 하나씩 뭐든 채워보자고 말씀드리고 싶습니다. 이 자그마한 책을 썼던 순간들이 주저앉아 땅 속으로 꺼지고 싶었던 절망적인 내게 선물이었듯, 읽고 계신 여러분께 환대이자 공감이 되길 바랍니다.

출간 기회를 준 느린서재 최아영 편집장에게 무한한 감사를 드리며. 책 쓰는 내내 예민한 나를 묵묵히 배려해주고 지지해준 사랑하는 가족들, 나의 두 번째 책을 고대하셨던 하늘에 계신 어머님. 더불어 응원을 아끼지 않았던 지인들과 친구들, 동료들에게 감사의 인사를 전합니다.

땅 속으로 한없이 꺼지고픈 기분이 들 때마다 책 속에 파묻혀 지냅니다. 거칠고 험난한 세상 그럼에도 불구하고 기어이 살아내기 위해선, 스스로 조용히 변화를 모색하는 내적용기와 멈춤, 바로 책이 필요합니다. 묵묵하게 진득하게 그렇게 읽으며, 기다리다 보면 한 줄기 희망은 결국 우리를 향해 찬란하게 비출 것입니다.

그날은 반드시 옵니다. 그때까지 오직 책으로, 오늘도, 내일도.

2023년 초가을의 길목에서

"

모름지기 좋은 쓰기와 읽기란

독자와 저자의 생각의 방향을 묻는

간절한 질문에서 시작한다.

그렇다면 내 읽기와 쓰기는 어디쯤 와 있는 걸까.

"

미주

1」 김우태,《소소하게, 독서중독》, 더블:엔, p.44

2」 정수복,《책에 대해 던지는 7가지 질문》, 로도스, p.81

3」 이권우,《책읽기의 달인, 호모 부커스》, 오도스, p.76

4」 파울 첼란,〈빛의 강박〉

5」 김인태,《재밌으면 그걸로 충분해》, 상상출판, p.256

6」 김이섭,《인생의 답은 내 안에 있다》, 미디어숲, p.180

7」 윤성근,《동네 헌책방에서 이반 일리치를 읽다》, 산지니, p.65

8」 리처드 리브스,《20 VS 80의 사회》, 민음사, p.150

9」 시라토리 하루히코,《지성만이 무기다》, 비즈니스북스, p.77~78

10」 양희은,《그러라 그래》, 김영사, p.185

11」 케이티 마튼,《메르켈 리더십》, 모비딕북스, p.57

12」 엄기호,《고통은 나눌 수 있는가》, 나무연필, p.249

13」 찰스 핸디,《코끼리와 벼룩》, 모멘텀, p.294

14」 김영민,《인간으로 사는 일은 하나의 문제입니다》, 어크로스, p.124

15」 최인철,《아주 보통의 행복》, 21세기북스, p.93

16」 슈테파니 슈탈,《거리를 두는 중입니다: 조금 더 편해지고 싶어서 》, 위즈덤하
    우스, p.89

17」 톨스토이, 《인생이란 무엇인가》, 동서문화사

18」 이지성·정회일, 《독서 천재가 된 홍대리》, 다산라이프, p.40~42

19」 한승혜, 《제가 한번 읽어보겠습니다》, 바틀비, p.585~590

20」 김훈종, 《어쩐지 고전이 읽고 싶더라니》, 한빛비즈, p.340

21」 제임스 클리어, 《아주 작은 습관의 힘》, 비즈니스북스, p.294

22」 칼 뉴포트, 《열정의 배신》, 부키, p.60~61

23」 이원석, 《거대한 사기극》, 북바이북, p.67

24」 뮤카 VUCA : 변동성 Volatility, 불확실성 Uncertainty, 복잡성 Complexity, 모호성 Ambiguity 의
　　　앞 글자를 딴 말로 현재의 불확실한 상황과 리스크를 묘사할 때 사용하는 말

25」 아마구치 슈, 《뉴타입의 시대》, 인플루엔셜, p.299

26」 카렌 살만손, 《위대한 직감》, 예문, p.27~28

27」 애나 렘키, 《도파민네이션》, 흐름출판, p.88

28」 정지우, 《행복이 거기 있다. 한 점 의심도 없이》, 웨일북, p.24~25

29」 옌스 바이드너, 《나는 단호하게 살기로 했다》, 다산북스, p.78

30」 조영태, 《정해진 미래》, 북스톤, p.92~93

31」 김영건, 《우리는 책의 파도에 몸을 맡긴 채》, 어크로스, p.68

32」 나태주, 《너와 함께라면 인생도 여행이다》, 열림원, 〈서점에서〉 중 p.113

33」 박규옥, 《싸가지 없는 점주로 남으리: 쿨하고 소심한 편의점 사장님》, 몽스북,
　　　p.84

34」 셀린 벨로크, 《괴로운 날엔 쇼펜하우어》, 자음과모음, p.424

35」 하지현, 《정신과 의사의 서재》, 인플루엔셜, P.91~92

36」 고야마 노보루, 《사장의 말 공부》, 리더스북, p.55

37」 나태주, 《끝까지 남겨두는 그 마음》, 북로그컴퍼니, p.136

38」 마쓰오카 세이고, 《창조적 책읽기, 다독술이 답이다》, 추수밭, p.226~227

39」 김도영, 《기획자의 독서》, 위즈덤하우스, p.164

40」 전승환, 《나에게 고맙다》, 북로망스, p.92

41」 김범준, 《핵심만 남기고 줄이는 게 체질》, 위즈덤하우스, p.177

42」 조던 B. 피터슨, 《12가지 인생의 법칙》, 메이븐, p.502

43」 김준태, 《조선의 위기대응노트》, 민음사, p.165~168

44」 이소룡의 말

45」 요조, 《실패를 사랑하는 직업》, 마음산책, p.96

46」 유니타스브랜드 편집부, 《Unitas Brand Vol.34-2 : 브랜딩 명언》,
       Moravianunitas, p.223

47」 박창선, 《어느 날 대표님이 우리도 브랜딩 좀 해보자고 말했다》, 미래의창, p.21

48」 헤밍웨이, 《헤밍웨이의 말》, 마음산책, p.36

49」 안도현, 〈너에게 묻는다〉 中

50」 최종엽, 《오십에 읽는 논어》, 유노북스, p.185

51」 하하키기 호세이, 《답이 보이지 않는 상황을 견디는 힘》, 끌레마, p.646~647

52」 이종건, 《연대의 밥상》, 롤러코스터, p.108

53」 앙드레 지드의 말

54」 파울로 코엘료, 《내가 빛나는 순간》, 자음과모음, p.97

55」 짐 콜린스, 《위대한 기업은 다 어디로 갔을까》, 김영사, p.70~71

56」 정지우, 《인스타그램에는 절망이 없다》, 한겨레출판, p.295

57」 문성후, 《부를 부르는 평판》, 한국경제신문, p.130~132

58」 정여울, 《비로소 내 마음의 적정 온도를 찾다》, 해냄, p.315

59」 파커 J. 파머, 《삶이 내게 말을 걸어올 때》, 한문화, p.89~90

60」 요아힘 바우어,《공감하는 유전자》, 매일경제신문사, p.47

61」 홍세화,《미안함에 대하여》, 한겨레출판, p.182

62」 기야마 히로쓰구,《제대로 생각하는 기술》, 교보문고, p.246

63」 채사장,《우리는 언젠가 만난다》, 웨일북, p.149

64」 윤성근,《작은 책방 꾸리는 법》, 유유, p.31~38

65」 피터 드러커,《프로페셔널의 조건》, 청림출판, p.167

66」 야마구치 슈,《철학은 어떻게 삶의 무기가 되는가》, 다산초당, p.52

67」 장옌,《알리바바 마윈의 12가지 인생강의》, 매일경제신문사, p.375

68」 반건호,《나는 왜 집중하지 못하는가》, 라이프앤페이지, p.235

69」 송수진,《올의 철학》, 한빛비즈, p.126

70」 최예신,《방석 위의 열흘》, 마인드빌딩, p.253

굶주린 마흔의 생존 독서

인생이 변하는 독서일기

©변한다 2023

초판 1쇄 발행 2023년 9월 18일
초판 2쇄 발행 2023년 10월 20일

지은이   변한다
펴낸이   최아영

편집   최아영
디자인   정나영

인쇄제본   세걸음

펴낸곳   느린서재
출판등록   제2021-000049호
전화   031-431-8390
팩스   031-696-6081
전자우편   calmdown.library@gmail.com
인스타   calmdown_library
뉴스레터   calmdownlibrary.stibee.com

ISBN   979-11-981944-2-8 (03810)